ERNST BARLACH
DRAMEN

Der Tote Tag

SERIE PIPER
Band 776

Zu diesem Buch

›Der Göttersohn‹ sollte Barlachs erstes Theaterstück zunächst heißen, dann: ›Blutgeschrei‹ –, aber veröffentlicht wurde das Vater-Sohn-Drama unter dem Titel ›Der Tote Tag‹. Tot hängt der Tag zwischen Himmel und Erde, denn tot liegt das Götterroß Herzhorn, weil der Sohn seine Hoffnung, zum Vater zu gelangen, nicht einlösen kann. Diese Hoffnung, zeigt Barlachs Mythos, ist von vorneherein uneinlösbar, weil er als Mutter-Sohn Menschen-Natur hat.
Barlachs erstes Drama wurde 1912 bei Paul Cassirer, Berlin, verlegt, als Textband zu einer Mappe mit 27 Lithographien, von denen 21 in dieser Einzelausgabe wiedergegeben sind. Der Text entspricht, wie alle bisher erschienenen Bände der Taschenbuch-Gesamtausgabe zum 50. Todestag Barlachs, dem Erstdruck, nur Druckfehler wurden berichtigt.

Ernst Barlach, geboren am 2. Januar 1870 an der Niederelbe in Wedel, aufgewachsen in Schönberg und Ratzeburg, verlor als Vierzehnjähriger den Vater, lernte an der Gewerbeschule in Hamburg, studierte an der Akademie für Bildende Künste in Dresden, lebte in Paris, Friedrichroda, Wedel, Berlin, Florenz und 1910-1938 in Güstrow, starb am 24. Oktober 1938 in Rostock, liegt neben seinem Vater in Ratzeburg begraben. Seine letzten Jahre, von der Entfernung des Mahnmals aus dem Magdeburger Dom 1933 bis zum Abriß seines Hamburger Ehrenmals – Barlach ist als »entartet« gebrandmarkt und mit Aufführungsverbot belegt – sind ein Martyrium.
Helmar Harald Fischer, geboren 1940 in Magdeburg, Autor und Übersetzer in Köln, 1976–79 Chefdramaturg und Stellvertreter des Intendanten in Aachen, Braunschweig und Wiesbaden, 1979–85 Lektor im S. Fischer Verlag, betreute als verantwortlicher Dramaturg des Theaterverlags das dramatische Werk Ernst Barlachs.

ERNST BARLACH
DRAMEN

Der Tote Tag

Mit 21 Zeichnungen von Ernst Barlach

Herausgegeben und mit einem Vorwort von
Helmar Harald Fischer

Piper
München Zürich

Erscheinungsfolge der Ausgabe:

Die Sündflut, Juli 1987
Der Arme Vetter, Juli 1987
Die Gute Zeit, September 1987
Die Echten Sedemunds, Oktober 1987
Der Blaue Boll, Januar 1988
Der Tote Tag, Mai 1988
Der Findling, September 1988
Der Graf von Ratzeburg, Oktober 1988

ISBN-3-492-10776-1
Mai 1988

Aufführungs- und Senderechte:
PROJEKT Theater & Medien Verlag, Köln
Umschlag: Federico Luci,
unter Verwendung eines Motivs von
Frieder Grindler
Gesamtherstellung: Clausen & Bosse, Leck
Printed in Germany

Inhalt

Vorwort 7

Der Tote Tag 17
Erster Akt 19
Zweiter Akt 53
Dritter Akt 83
Vierter Akt 91
Fünfter Akt 123

Titel und Nachweise der Zeichnungen 167

Vorwort

Der letzte Satz von Barlachs erstem Drama lautet nicht: »Sonderbar ist nur, daß der Mensch nicht lernen will, daß Gott sein Vater ist«, sondern er heißt: »Sonderbar ist nur, daß der Mensch nicht lernen will, daß sein Vater Gott ist.«

Es ist im Falle Ernst Barlachs fast schon selbstverständlich, daß der Schlußsatz im *Toten Tag* nahezu ausschließlich so gelesen wird, wie er nicht da steht. Und weil dieser Satz, zumal als Schlußsatz einer dunkel tönenden Tragödie jene selbstinterpretatorische Griffigkeit zu haben scheint, die man in Barlachs Stücken schmerzlich vermißt, wird er entsprechend oft zitiert und gern gleich generalisierend – mit dem Höheren hatte dieser Barlach es ja immer irgendwie – auf alle Dramen ausgedehnt.

Tatsächlich ist *Der Tote Tag* Barlachs Auseinandersetzung mit seiner eigenen Vaterschaft. Um die Dimension dieser Verantwortung zu kennzeichnen, macht er (sich) klar, daß für das Kind der Vater Gott ist. »Die Mutter wollte den Knaben nicht hergeben«, erläuterte Barlach in einem Gespräch mit Friedrich Schult 1919 den persönlichen Hintergrund der Entstehung des *Toten Tags*. »Auf diese Weise mußte ich früher oder später notwendig Gott für ihn werden. Das war der Anstoß. Unter den Händen wuchs die Idee von selber ins Mythische.« Und in der Korrespondenz mit dem Arzt Julius Cohen führte er 1916 dazu aus: »Wie niedrig ist der Mensch, an seine Erzeugerin gebunden, wie banal, wie bürgerlich seine Existenz! Mein Kernproblem ist dies: Wie kommt es, daß ich (oder sonst wer) Trieb und Zwang über mich hinaus empfinde? Fort vom Mütterlichen, vom Schmeichelnden, Wohlberatenen, Sich-aneinander-Genügenden... Schluß: Etwas Fremdes, aber doch Verwandtes ist mein eigentliches Ich. Möglicherweise ein Göttliches über mir, das mich mahnt zu Höherem, oder sonst was Rätselhaftes in mir, das also Vaterstelle verträte. Vergleich: Meine damalige Situation als Vater eines unehelichen Kindes, dessen Mutter mich betrog und erpreßte... So versetzte ich mich mit oben bezeichnetem Trieb ›über mich‹ hinaus in die Situation des Kindes, war in der Phantasie zugleich Vater und Sohn, Mutter und Kind.« Ein Parallelentwurf zum *Toten Tag* (»Wahrscheinlich Florenz, 1909« notierte Barlach später) handelt von einem König, der alles daran setzt, daß seinem »Kinde die Mutter genommen« wird – so wie Barlach selbst über zwei Jahre hin das Sorgerecht für seinen Sohn erstritten hatte und damit dem Kind die Mutter genommen.

Das väterliche Prinzip wird im *Toten Tag* gleichgesetzt mit dem geistigen Prinzip, das mütterliche mit dem leiblichen Prinzip. Nicht nur wird das geistige Prinzip höher bewertet als das leibliche, es wird als lebensentscheidend betrachtet. Noch der vom mütterlich-selbstsüchtigen Trachten errungene Sieg – bezeichnenderweise nur mörderisch-hinterhältig errungen – ist nicht von Dauer, weil er das Verlangen über den animalischen Zustand hinaus letztlich nicht zu ersticken vermag. Denn die Ermordung des Geistigen läßt das Leibliche in der Leere der Zukunftslosigkeit zurück, die sich, ziellos, gegen sich selbst wendet: die Mutter tötet sich, der Sohn – kraftlos im Verlust seiner Hoffnung auf ein Höherhinaus – folgt ihr nach.

Die Mutter im *Toten Tag* ist nicht nur triebhaft-verschlagen gezeichnet, sondern auch, wenngleich es ihr nicht an Mutterliebe mangelt, so zupackend-gehässig gegenüber der ihr fremden Geisteswirklichkeit, daß die Uraufführung im Leipziger Schauspielhaus am 22. November 1919 doch stark von der Handfestigkeit ihres szenischen Agierens geprägt gewesen zu sein scheint. Die Leipziger Theaterleute »verbreiteten vorher Erläuterungen des Dramas«, berichtete Georg Witkowski im *Literarischen Echo* und zitierte daraus: »Zum Gott will werden des Mannes klar bewußter Geist; zum Tier hinunter begehrt des Weibes im chaotischen Unterbewußtsein befangener Leib.« Diese Formulierung weist nicht nur darauf hin, daß es damals noch keine Dramaturginnen gab, sondern zeigt auch die Gefahr der kraftvoll-dominanten Mutterfigur für die Botschaft des Stücks – darin Brechts Mutter Courage nicht unähnlich. In dieser Figur ist die elementare Heftigkeit der Auseinandersetzung Ernst Barlachs und seines Modells Rosa Limana Schwab über den gemeinsamen Sohn Gestalt geworden, und wie wörtlich Barlachs vorher zitierte Äußerung zu nehmen ist, daß er zugleich sich Vater und Sohn, Mutter und Kind dachte, belegt ein Brief aus dem Jahre 1907, als er bereits auf die Ehelicherklärung seines Sohns hoffen kann und am *Toten Tag* (damals noch: *Göttersohn*) arbeitet: »Ich fürchte, sie wirft ihn aus dem Fenster, wenn ich ihn verlangen darf. Ich würde ihr ohne Zucken Gift geben können und sie, wenn es sein müßte, sonst aus der Welt schaffen.«

Die Darstellung der Mutter durch Agnes Straub in der zweiten Inszenierung des Stücks am Neuen Volkstheater (Volksbühne) Berlin, Premiere am 24. Mai 1923, am Tag nach der Berliner Erstaufführung des *Armen Vetter* am Schauspielhaus am Gendarmenmarkt, hat Paul Fechter protokolliert; Alfred Döblin fand, Barlach leide »an schwerster seelischer Verstopfung«; Carl von Ossietzky konstatierte: »Die Theaterdichtung ist also doch noch nicht tot«; der Kritiker des Berliner *Lokalanzeigers* teilte mit, er habe nach dem 4. Akt »ein unbezwingbares Bedürfnis nach frischer Luft« empfunden, aber über den 5. Akt dieser »Mär«, die »kein Mensch verstehen dürfte«, bei Julius Bab nachlesen können, »daß die Mutter dem Sohn Pferdefleisch vorsetzt« und seufzte schaudernd, daß Barlach »anscheinend mit Gewalt Mode werden soll«.

Diese Befürchtung hat sich bis heute nicht bewahrheitet. Schon in der dritten Vorstellung stürzte Agnes Straub im letzten Akt, und noch bevor die Volksbühne ihre Inszenierung über ein Jahr später wiederaufnehmen konnte, schrieb der Regisseur der Aachener Aufführung, Heinz Dietrich Kenter, Artikel gegen das Publikum, das nur sein »erbärmliches Behagen« suche, und stimmte sendungsbewußt – wie Barlach nie war – den bis heute nicht verklungenen Chor an, das Drama Barlachs sei »voll inbrünstigen deutschen Gottsuchens, voll gotischer Sehnsucht nach oben«. Bis zur Machtübernahme der Nazis gab es außer der wichtigen Münchener Aufführung nur noch vier Inszenierungen: in Wien, Düsseldorf, Königsberg und, mit einer einzigen Vorstellung, am Thalia-Theater, Hamburg. Nach dem Krieg hat sich noch kein großes Haus an den *Toten Tag* gemacht. Der Typus des Wiederholungstäters aber – wer sich einmal an Barlach infiziert hat, wird ihn nicht wieder los – hat sich auch hier herausgebildet: Erich Thormann, der 1925 bei Louise Dumont den Sohn gespielt hatte, brachte den *Toten Tag* 1947 in Bonn und 1963 in Bremerhaven heraus. Den letzten von insgesamt sieben Versuchen – sieht man von einer sich als »Performance« bezeichnenden Unternehmung mit Einspielung des Textes über Tonband ab – unternahm 1965 ein Kellertheater in Wien.

»Aus einer plattdeutschen Eddastimmung«, spöttelte Barlach, habe er sein Drama »herausgeholt« – und doch erklärt er damit treffend, daß sich die Fabel vermittelt wie eine Geschichte im Lied erzählt wird oder in nordischer Rätseldichtung: in Bildern und Gesprächen, verknüpfend, statt folgernd, »mehr Vision als Beweisführung« wie Barlach selbst formulierte. Entsprechend offen bleibt sie für die Deutung, läßt sich nur umständlich erklären, obwohl die Vorgänge einfach sind. »Man kann es nicht analysieren«, schrieb Thomas Mann; »hier ist nichts auszulegen oder auszuschöpfen«, entschied Robert Musil, »denn wenn der Grund zutage käme, würde er wie der aller allzutiefen Brunnen ein wenig nach Schwefel duften«.

Das Mythische hat die Aura des Bedeutsamen, selbstverständlich geht es um Zeit und Ewigkeit, Schicksal und Existenz, Traum und Wirklichkeit, es mischen sich Götter und Menschen. Als der Morgen da ist, an dem sich der Göttersohn auf das von Geist-Vater gesandte Roß Herzhorn schwingen will, um in die Zukunft zu reiten, findet er einen Tag vor, der »tot zwischen Himmel und Erde hängt«. Für die Mutter ist es

»höchste Not«, daß sie den Sohn verlieren soll, sie tötet Herzhorn, läßt es vom spukhaften Hausgeist Besenbein in den Keller schaffen und nötigt Kule, den Wanderer, die Schuld auf sich zu nehmen. Aber sie hat den Sohn dennoch verloren. Er sucht die Schuld am Tod des »Riesen Tag« bei sich, hört noch »die Sonne sausen überm Nebel«. In schizophrener Hellsichtigkeit erkennt er seine ausweglose Situation zwischen chthonischen und olympischen Kräften: »Du und ich«, erklärt er der Mutter – »zwei Henker, die sich gegenseitig die Treppe hinaufbitten.« Die Mutter verflucht ihn und ersticht sich: »Mein Blut soll still werden und aufhören, um dich zu schreien.« Der Sohn – »Mutters Art steht mir doch besser an« – folgt ihr nach. Geist Steißbart bietet sich dem vor Leid blinden Kule als Wegführer an und verläßt mit ihm das Dunkel der Hütte, um den schlummernden Helden des Menschengeschlechts zu verkünden, daß ihr Vater Gott ist: die Wurzel ihres Wollens oder, wonach ihr Blut schreit. Aber das klingt schon wie eine Antwort, genötigt von Barlachs mutwillig rationalem Schluß, und ist doch eher ein Beispiel für einengende Zusammenfassung.

Ein Götterroß ist bloß ein Begriff; wenn es aber heißt: »Hufe hat's wie vier Augen«, ist es lebendig. Sein Name Herzhorn ist hübsch; daß aber Barlachs Vater in Herzhorn geboren ist, stellt eine konkrete Beziehung her. Wenn Steißbart geknebelt unter den Räucherboden gehängt wird, ist das eine bizarre Möglichkeit, ihn zum Schweigen zu bringen; weiß ich aber zusätzlich, daß für Barlach unter der Zimmerdecke »das Erinnerungsbewußtsein der Stube« hängt, wird mir der Räucherboden (zu dem er »das Vorbild in Stralsund« hatte) zur redenden Chiffre. So reden, das Stück hindurch, die Bilder im *Toten Tag*, erzählen von Fragen ohne Antworten und vermitteln doch Einsicht – der Stab, der Seufzerstein, die Sonnenfinsternis, das Blut.

Und auch die vormythisch-namenlosen Gestalten Vater, Mutter, Sohn und Blinder Seher (dessen Name Kule, er hat einen besonderen Klang für Barlach, nur im Personenverzeichnis genannt wird): für die Fabel sind sie als Archetypen durchaus hinreichend gekennzeichnet, und doch ist das Psychogramm jedes einzelnen überraschend vielbezüglich. Selbst Gnom, Alb und Hausgeist scheinen persönliche Züge zu tragen. Friedrich Schult hat nicht nur einmal betont, Barlach habe mit Hexen und Hausgeistern gelebt wie andere Leute mit Haustieren.

Entgegen erstem, dunkel-dräuendem Eindruck, ist die Beziehung zwischen Mutter und Kule genau geklärt, Vater- und Sohnschaft eindeutig benannt. Kule unterstützt den Göttersohn gegen die eifernde Mutter, mahnt ihn, sein Blut nicht fürs Ofenholz zu vergießen. Erst zum Schluß ist Kule ganz »zu den Müttern« übergelaufen, weil der Göttersohn sich als Stubenhocker erwiesen hat: »Deine Seele dunstet Sehnsucht, sie schafft keine Taten, dein Auge sieht Nebel.« Statt Herzhorn sofort zu besteigen, bedingungslos aufzubrechen in die Zukunft, wartet der Sohn auf die Nacht, weil er denkt, die Bilder der Zukunft kann er nur in der Nacht, im Traum nur sehen. Tragischerweise – mythologisch um so angemessener – redet Kule ihm erst dann ins Gewissen, als der Sohn endlich sieht, daß es in seiner Auseinandersetzung mit der Mutter nicht um Gefühle geht, sondern daß es ein Kampf auf Leben und Tod ist. Kules Traum vom Göttersohn schien endgültig ausgeträumt in der Nacht des Kampfes und des Mordes: »Ja, er stand herrlicher als alle, aber nur kurz, er erlosch, und seine Lücke starrte schwarz wie ein Grab.«

Klar wie kein anderer hat Thomas Mann nach seinem Besuch der Münchener Aufführung von Otto Falckenberg mit Maria Koppenhöfer und Hans Schweikart 1924 an den Kammerspielen den Inhalt des Stückes mit einem einzigen Satz gekennzeichnet: »Ein Trauerspiel vom Menschen, dem heldischen Göttersohn, der ewig ein Muttersöhnchen der eifersüchtig klammernden Erde bleiben wird.« So liegt, metaphorisch gesprochen, die Dominanz der Mutterfigur in der Logik der Geschichte, sie ist das Sichere, nährend Konkrete, an das der Mensch »mit klammernden Organen« (wie Barlach war Thomas Mann Goethe-Leser) sich hält. Zu Mutter Erde kehrt er zurück, sein Todestrieb noch ist die Steigerung des Rückkehrwunsches – an die sexuelle Komponente, schrieb Barlach, habe er nicht gedacht. Am deutlichsten konturiert schon auf den Lithographien, ist die Mutter auch auf der Bühne die einzige psychologisch durchgestaltete Figur. Sie will nicht bloß Gefäß gewesen sein, das man wie eine leere Wiege zum Gerümpel steckt: »Sohnes-Zukunft ist Mutter-Vergangenheit... Hüpf ums Haus, bring Riesen um, schlag Gnomen tot – und dann, wenn du Hunger hast, komm zu mir und iß dich satt.« Aber sie vermag Herzhorn nur zu töten, weil der Sohn nach seinem Kampf mit dem Alben in ohnmächtigem Schlaf liegt, einem Kampf, in dem er durch die blutende Wunde beeinträchtigt war, die er sich im Eifer für seine Mutter zugefügt hatte, so daß er den Kampf verliert – damit das Roß Herzhorn und damit die Freiheit einer geistbestimmten Zukunft. Doch nicht durch den Zufall seiner Verwundung verliert er den Kampf gegen den Alb, gegen die Erdenpein, sondern aufgrund seiner körperlichen Verwundbarkeit, die dem übermächtigen Schicksal nicht standzuhalten vermag, und aufgrund seiner seelischen Schwäche, die dem Entsetzen »menschlicher« Qualen nicht gewachsen ist. Der Alb, dem bestialischer Gestank grauenerregenden Leids, an Menschen verübt, um so stärker entströmt, je heldenhaft-verzweifelter der Sohn mit ihm ringt, bleibt »untötbares Schicksal«, und doch wird die Niederlage um so kläglicher empfunden, je näher der Sieg zu sein schien, der doch gar nicht errungen werden kann.

An solchem Punkt wohl »wuchs« Barlach »die Idee von selber ins Mythische«. Ein persönliches Problem wird als Menschenproblem erkannt und zur Frage nach der Beschaffenheit seiner Existenz: In seinem Wahn-Monolog rafft der Sohn Jahrtausende in den zeit- und ortlosen mythischen Augenblick zusammen. Die Unausweichlichkeit seines Schicksals, nie über den eigenen Horizont hinaus gelangen zu können und es dennoch immer wollen zu müssen, mit aller Kraft aus dem reinen Gedanken handeln zu wollen und doch nicht der Gebundenheit an den Leib entfliehen zu können, nicht Herr seines Lebens und

Schicksals zu sein und doch eine Fähigkeit zu spüren, sich selbst von außen zu betrachten: das ist der Stoff, aus dem die Mythen sind. Barlach vermengt Partikel aus allen ihm geläufigen Überlieferungen; sei es, daß die Mutter ihrem Sohn sein Liebstes, das Sonnenroß, zum Mahle vorsetzt, sei es, daß sie sich, wie die Sirenen, selbst vernichtet, sobald sie erfährt, daß ihre Anstrengung wirkungslos bleibt; Kule muß – statt, wie Odin, eines – gleich zwei Augen entbehren, seinen Stab macht sein Sohn ihm zu Kleinholz, doch nimmt er aus freien Stücken Leid auf sich, und vollkommene Ergebenheit in das Schicksal scheint, gnostischem Denken verpflichtet, sein Prinzip der Befreiung; der Sohn aber empfindet den Tod Herzhorns sofort als seine Schuld und erweist sich geistbegabt als Leiderfahrener wie als Träumender: Man möchte ihm statt der vormythischen Bezeichnung Sohn einen Namen gönnen, denn er zeigt sich auch darin nicht gering, daß er den Namen des Götterrosses »weiß«, es in mythisch-biblischem Sinne also damit »erschafft«, während die ebenso nur in ihrer biologischen Funktion benannte »Mutter« nicht einmal fähig ist (wie auch der Zuschauer nicht), den Gnom Steißbart zu sehen, der nur Geistgeschöpf ist, nur einen Vater kennt. Heißt der Sohn nur »Sohn«, weil sein Zukunftstraum auch bloß selbstsüchtig ist? Steckt in diesem Urteil bereits Barlachs Traum, daß ein Mensch Identität nur gewinnt, wenn er Verantwortung über sich hinaus kennt?

Daß *Der Tote Tag,* obwohl bildlich und sprachlich materialreich gearbeitet, seltsam unklar bleibt, liegt wohl auch daran, daß Barlachs Mythos Kunstprodukt ist und nicht Schellings Definition entsprechen kann, Mythos sei »einer der Urgedanken, die sich selbst ins Dasein drängen«.

Eine Neubeschäftigung mit dem *Toten Tag* auf dem Theater wird der Sprach- und Bildgestalt keine neuen Einsichten abgewinnen können, wenn sie sich heutiger Kenntnis von Mehrdimensionalität verschließt. In der neuen Quantentheorie der Gravitation gibt es ein Modell, in dem der normalen Raum-Zeit bereits sieben weitere Dimensionen hinzugefügt sind. Einsteins Raum-Zeit-Krümmung nimmt darin Strukturen einer Raum-Zeit-Faltung an, die man sich entsprechend der in den dreißiger Jahren entwickelten »Wurmloch«-Theorie durchtunnelt vorstellen kann. Damit wäre das Raum-Zeit-Kontinuum ständigen Veränderungen ausgesetzt, und die Unterscheidung von Vergangenheit und Zukunft könnte verschwimmen. Solche »Tunnel« durch die Dimensionen wecken Assoziationen an Barlachs mehrfach gebrauchtes Bild von den »Spalten«, durch die plötzlich Wirklichkeiten »hinter« unserer Wirklichkeit sichtbar werden. Wenn im *Toten Tag* die Mutter für die Erde steht, dann ist der Vater der Kosmos – der Zusammenhang (»Gott«), in dem die Erde existiert: Sonderbar, daß der Mensch nicht lernen will, daß nicht die Erde, sondern der Kosmos sein Zusammenhang ist.

H. H. F.

Ernst Barlach

DER TOTE TAG

Drama in fünf Akten

Personen

MUTTER
SOHN
KULE
STEISSBART (ALS STIMME)
BESENBEIN
ALB

Ort der Handlung: Ein großer Flur

Erster Akt

Grosser Flur, der zugleich als Küche und Wohnraum dient, eingebaute alkovenartige Betten an den Wänden. Balkengefüge, dunkle Bodenräume.

MUTTER *steigt aus dem Keller auf, halb heraus steht sie still und schaut sich um* Gnom! *Stille*

MUTTER Gnom Steissbart! *Stille*

MUTTER Steissbart, sprich wenigstens, dass du's nicht willst, sag' nur, dass du nichts sagen magst.

Stille

MUTTER Deine Blicke wachen, das spür' ich in der Einsamkeit. Ich muss dir eine Schelle anhängen. Deine Zunge muss läuten. Einen unsichtbaren Knecht muss ich dulden, aber ein stummer ist mir zuwider. *Sie steigt vollends heraus und hascht nach ihm.* Hier nicht, da nicht! Aber da!

STEISSBART *schreit* Ja, ich bin's, Frau, du trittst drauflos, als wär' ich ein Maulwurfshaufen oder ein Kieselstein!

MUTTER *greift ihn* Und du bist stumm wie alle beide. Hättest selbst Schuld, wenn ich dich zu Aas zertrat. So, das wäre gelungen. *Hält ihn scherzend im Arm* Bist du ein Mann? *Befühlt ihn – – spottend* Wahrhaftig – – – und ein ganzer. Steissbart, du Wichtel mit dem Bart am Steisse!

STEISSBART Lass meinen Bart fahren, Frau, meinen Bart fahren lassen!

MUTTER Dass du mir entschlüpfst? Bin ich eine Verschwenderin? Da ich einen Schatz habe, sollte ich ihn nicht halten? Nun, ich halte dich am Bart, da greif' ich sicher, greif' ich auch nicht zart!

STEISSBART Nur schnell, lange kann ich's nicht aushalten!

MUTTER Schnell? Ei, ja wohl! Gewiss schnell, Steissbart, was war's doch gleich?

STEISSBART Was war's – ich weiss nicht, was es war.

MUTTER Wonach ich fragen wollte, Steissbart, weist du's wirklich nicht?

STEISSBART *verstockt* Nein.

MUTTER Sag doch erst – – –.

STEISSBART Nein, nein, nein – – –.

MUTTER Doch! Erst dies, dann das! Hat mein Sohn nicht einen Hirsch gebracht?

STEISSBART Geschossen!

MUTTER Hat aus einem Schnellfuss einen Kellerhocker gemacht. Steissbart, was ist mit ihm?

STEISSBART Wer seiner Mutter einen Braten bringt, was soll mit dem anders sein, als dass er sie zur Grossmutter seines Magens macht?

MUTTER Mein Sohn, der kommt danach, erst der Braten – sag', Steissbart, was ist mit dem Braten, wo ist der Hirsch? der Keller ist leer.

STEISSBART *schreit, zappelt heftig.*

MUTTER Sieh an, sieh an! Eure Geheimnisse lassen sich schon streicheln, sie sollen noch aus der Hand fressen lernen. *Fasst ihn fester* Was ist mit dem Hirschen, Steissbart?

STEISSBART *wie oben* Im Berg – unten – hausen Vettern von mir, die – müssen's gewesen sein – die haben ihn verschmaust. Ratten sind sie, wie sie graben, bis herauf ihre Gänge. Aasmäulig und totschlägerisch sind sie. Aber wir auch, ja, mein Vater, wo er sie traf, pflegte sie in guten Tagen spassweis zu erschlagen. Aber sie nahmen doch überhand, und nun wimmeln ihre Gänge voller Rächer – fassen sie mich, mir geht's schlecht.

MUTTER Ei, du bist auch im Keller Knecht, so schlag sie, wie dein Vater tat. Lass dabei, weil's Verwandte sind, immerhin Seufzer fahren. *Sie macht Miene, ihn in den Keller zu setzen.*

STEISSBART *schreit, strampelt heftiger.*

MUTTER Pfui, lasst ihr beizendes Leibwasser laufen, wenn ihr festsitzt, um los zu werden? *Lässt ihn los und reinigt sich* Ist das eurer Sippe Rat? Die unteren fressen Aas, aber auch ihr oberen seid saubere Brüder.

STEISSBART Aus Angst vor den Feuerwichten, Frau, sie brennen mit heissen Augen und schiessen dreist, was sie im Blicke haben.

MUTTER Ich merkte schon, es hing da unten wie feiner Bratenduft, sollte meinen, sie können lecker kochen. Wie stellst du's an, dass ihr Feuer ersäuft?

STEISSBART Freund Keller speichert meinen Tod, Freund Keller hat den Kitzel, mich zu begraben, nie geh' ich herunter, nie, nie. Dein Sohn, der nimmt sie aus, ihm ist's Maus- und Rattennest da unten.

MUTTER Nicht so ganz. Er grault sich leicht im Dunkeln, er ekelt sich vor Gewürm gleich Euch. *Wie nebenbei* Was träumte denn der Junge heute nacht?

STEISSBART Weiss ich's? Beissen dich Flöhe, ich kann dir nicht helfen.

MUTTER Du weisst es nicht? Bist du nicht sein Hund? Liegst du nicht vor seinem Lager, zählst du nicht seinen Atem und seine Herzstösse? Weisst du nicht, dass sein Kissen nass war von Tränen?

STEISSBART So, so, Tränen hätten ihn geplagt – –.

MUTTER Als Jungfrau labte ich mich an Tränen über geträumte Gaben. Da waren Tränen Freudenwässer, ob es solche bei ihm gewesen sind?

STEISSBART Tränen kommen so und anders. Traumgedanken sind schleimige Würmer, blinde Würmer im Geheimen der Seele. Die letzen sich bei Nachtzeiten und tummeln sich nach ihrer Art bei offenen Türen der Seele. Es kann geschehen sein, dass solche feuchten Würmer ihm über die Kissen gekrochen sind.

MUTTER *plötzlich abbrechend* Hör', Steissbart, der Hirsch ist fett und rund an seiner Stelle, wie er war. Weit und breit nichts von deiner Sippe zu spüren. Steig' mutig hinab und bringe mir von unten herauf Schüsseln, die ich brauche zum Abend. Eil' dich, Steissbart!

STEISSBART So lange hast du mich nicht ins Dunkel geschickt,

jetzt spring ich nicht ins Grab. Es brennt, wenn man brät, und sie braten auch die Lebendigen. Ich ahnte, mein Vater langte aus dem Grabe nach mir.

MUTTER Langte nach dir?

STEISSBART Aber ich biss ihn in den Finger.

MUTTER Langte wirklich nach dir?

STEISSBART *weinerlich* Du willst ihm helfen. Du schickst mich unter die Erde und weisst, ich bleibe unten. Ich erzähl' es deinem Sohn, dass du's mit meinem Vater hältst.

MUTTER Mit deinem eigenen Vater, was soll er sich dabei denken?

STEISSBART Ja, was! Er wird den Kopf schütteln. Vater, Vater, das ist ihm eine leere Tonne, es klingt seinen Ohren wie Widerhall von nichts.

MUTTER Ei, guter Steissbart, wie klappern doch deine Zähne sonderbar. Aus Angst vor dem Keller? Verbeiss dein Zähneklappern mit deinen klappernden Zähnen selbst.

STEISSBART Dein Sohn soll's ausmachen, er soll wissen – –

MUTTER *heftig in der Richtung der Stimme schreiend* Was wissen?

STEISSBART Dass Männer von Männern herkommen.

MUTTER Du?! Zum Dienen ins Haus gebracht und willst aufsässig werden?

STEISSBART Gebracht? Ich habe mich hereingezogen, weil Draussen mich biss mit Rachezähnen meiner Vettern. Aber nun blecken sie wieder hinter mir her, und du stehst ihnen dabei nicht im Wege. Du gibst ihnen Witterung von mir. Das soll er wissen. Und dass du mich mit Fragen raufst, als wolltest du mir den Bart ausreissen. Er soll's wissen; dass es heisst: sie hat einen erwachsenen Säugling in ihrem Hause. O, es gibt bessere Mütter und Ammen für Leute, wie er ist!

MUTTER Das mag es: eine, die ihn mit der Milch Mutterhass säugt, die ihn mit der Liebe Undank besorgt. Solche kann man finden, oder weisst du bessere?

STEISSBART Leicht! Mutter Sonne, die ihn mit Lichtmilch labt, Amme Nacht, die ihm wahrsagt im Schlaf.

MUTTER Die ihm wahrsagt, Amme Nacht?

STEISSBART Mütter sind keine Väter. Ein Mann ist von Vaterart, und welche Amme ihm vom Vater spricht, nährt ihn besser als eine Mutter, die es nicht tut.

MUTTER Soll ich mit dir hausen, guter Steissbart – –

STEISSBART Muss ich mich ruhig von dir zausen lassen?

MUTTER Könnte ich deine Grimasse sehen, die du zu deinen Reden ziehst! Heb' doch deine Augen auf zu meinen, sieh' her!

STEISSBART Ich tu's.

MUTTER Was siehst du?

Stille

MUTTER *dringend, fast flehend* Was siehst du?

STEISSBART *lacht.*

MUTTER Mir ist, als bissen deine Blicke, als hackten Rabenschnäbel nach meinen Augen.

STEISSBART Und mir ist bei deinem Blick, als sollte ich Wolle kauen und dürfte nicht ausspeien.

MUTTER Siehst du nicht an meinen Augen, dass eine blutsaugende Angst in mich gekrochen ist? Was für Verse singst du von Amme Nacht, was für Prahlen hast du mit Mutter Sonne? Mein Sohn hat Gedanken, die nur du weisst, was bin ich noch für eine Mutter!

STEISSBART Mutter genug, aber an Vater ist zu wenig.

MUTTER Steissbart!

STEISSBART So ist es!

MUTTER Hebe deine Augen noch einmal auf.

STEISSBART Noch einmal, ich tu's.

MUTTER Aber nicht zu meinen Augen, guter Steissbart, nur zu meinen Lippen.

STEISSBART Zu deinen Lippen, Frau, ich tu's.

MUTTER Und höre mit Augen und Ohren zugleich.

STEISSBART Alles, alles.

MUTTER Was hörst du?

STEISSBART Was du sagst, aber du sagst nichts.

MUTTER Höre besser!
STEISSBART Wenn du nichts sagst?

MUTTER *lacht höhnisch.*

STEISSBART Du lachst.

MUTTER *lacht herzhafter.*

STEISSBART *weinerlich* Lachst du über mich?
MUTTER Zum erstenmal machst du mir Freude, Steissbart. Muss ich nicht lachen, wenn du sagst, dass du nichts vernimmst als mein Lachen?

STEISSBART *nach einer Pause hört man ihn verstohlen kichern.*

MUTTER *erschreckt* Er hat's doch gehört, was ich bei mir selbst sagte und beschloss. Ueberlistet! Hör's noch einmal laut, dass du's sicher weisst: Hüte dich vor mir!
STEISSBART Wie vor dem Keller.

Der blinde Kule tritt am Stabe herein; man sieht, er folgt dem Stabe, der ihn geradeswegs zu der Frau führt, die ihn starr ansieht.

MUTTER Wer – – Woher kommst du?
KULE Sage mir vorher, wo ich bin. Ich trat über eine Schwelle, ist sie gastlich?
MUTTER Woher – – Wer bist du?
KULE Ich weiss nicht, wer ich bin. Ich würde lügen, wenn ich dir meinen Namen sagte; das hiesse eine Maske vornehmen und durch einen zweiten Mund sprechen.
MUTTER Und wo kommst du her?
KULE *zeigt auf den Stab* Er weiss es. *Deutet auf seine Augen* Sie haben nichts gesehen. *Deutet auf seine Füsse* Die da unten wissen nur, dass überall Steine und Staub sind.
MUTTER Bist du kein Gespenst?
KULE Vielleicht kennst du mich besser als ich selber.
MUTTER *äfft seine Art nach* Du warst gewiss ein reicher Mann, aber die Taschen deines Rockes sind jetzt voll Löcher, sie

wissen nicht, wo dein Reichtum geblieben ist. Du bist ein gewesener Reicher, du bist sein Gespenst – Steissbart, führ' ihn zur Bank.

KULE *geht am Stabe zur Bank* Das Schicksal hat mir von dem seinen mitgeteilt; nenn' es, wie du willst, es kann auch Reichtum heissen.

MUTTER Blinder Narr! Du hättest dich in der Welt nach etwas Gutem umsehen sollen beizeiten. Deine Augen hätten sich an der Welt gelabt.

KULE Ich hab's nicht versäumt, mich umzusehen; alles Leere in mir, alle Scheunen drinnen haben meine Augen vollgerafft. Rauch, Rauch, Rauch macht alles schwarz, Rauch vom glimmenden Grunde des grossen Leidens. Wie sollte ich mich am geschwärzten Glanz ergötzen! Nein, am Ende mied ich ihn zu schauen wie etwas Unheiliges.

MUTTER Du bist kein guter Mensch! Mit was hast du dich vergangen?

KULE Ich war Anlass, dass ein andrer sich an mir verging. *Fast für sich* Ich war geringer als ein Gott – – und als der Gott vor dem Weibe stand – – da war meine Menschlichkeit schuld, dass sie des Gottes wurde.

MUTTER *betrachtet ihn atemlos.*

KULE *hebt seinen Stab* Sieh', was mir das Schicksal gnädig erwies – als ich sah, dass ihr Leib gesegnet war, trug ich mich mit dem Gedanken, beide zu töten, das Weib und ihr Kind – – und so stand ich einsam am Kreuzwege, wo es zum Hause ihres Vaters rechts und links in die Fremde ging – –.

MUTTER Muss ich alles anhören, blinder Narr? Deine jammervollen Erlebnisse?

KULE Meine Erlebnisse sind tot, wie können sie dich schrekken?

MUTTER Nein, du hast recht, mich können sie nicht betrüben, du kannst noch Schlimmeres erzählen.

KULE *stutzt* Bist du nicht froh? Deine Stimme ist die eines starken Weibes, wo ist dein Mann? Es muss ein Gewaltiger sein.

MUTTER Ei, er ist munter wie ein entwischter Vogel und lustig wie ein Traum.

KULE Ist er schon tot? Mit welchem Herzen konntest du das sagen! Erzähle mir dein Geschick hernach, vorerst aber höre meines weiter. Ich stand am Kreuzweg und sann, das Kind und seine Mutter zu töten, da geschah es wie ein Wink, heranzutreten, und sieh', am Meilenstein lehnten drei Wanderstäbe, davon sollte einer mein Lebensbruder werden. Und ich griff mit Grausen hinein zwischen sie und fasste den ersten. Aber kaum, dass ich ihn hielt, zerrann er in meinen Fingern wie Wind und mit dem zweiten geschah desgleichen. Dieser hier war der dritte, der führte mich in die Welt, und die Welt ist Leiden.

MUTTER Blinder Narr, was weisst du von Leiden? Weisst du, wie es tut, wenn sich ein Wolfsherz neben dein eignes gesetzt hat und ewig zänkische Nachbarschaft mit ihm hält? Sind deine Leiden in dich gewachsen wie ein Stück von dir? Was gehen dich die Leiden der Welt an, solches Leiden wie deines ist nichts als die Tarnkappe deiner Freuden, du nimmst sie auf dich, weil deine Lust und Behagen darin sicher vor Neid geborgen sind.

KULE So lehr' du mich wahres Leid verstehen.

MUTTER Das könnte ich. Aber wozu soll dir das gut tun? Tu etwas Besseres, sieh' zu, wie du dem bösen Geschick entgehst.

KULE Geschicke sind nicht böse, man selbst ist es. Gute Menschen haben gute Geschicke. Gutsein ist das beste Schicksal.

MUTTER Aber wenn dich Träume plagen, wenn dir Unheil droht?

KULE Das Glück des Guten kann nicht bedroht werden, aber sage mir deine Träume.

MUTTER *sucht im Raum umher, stösst mit den Füssen in die Winkel* Wie kannst du mir helfen? – – Steissbart!

Keine Antwort

MUTTER Steissbart!

Keine Antwort

KULE Wen rufst du?

MUTTER *immer suchend* Den Gnom.

KULE So ist er nicht da, er antwortet nicht.

MUTTER Man sieht ihn nicht, nur mein Sohn vermag's. Ich muss ihn rufen und weiss nie, wo er steckt. Er soll nicht horchen.

KULE *ahnend* Und dein Mann, der Vater dieses Helden, der dein Sohn ist – ich fragte schon einmal.

MUTTER Mein Sohn ist kein Held, ich brauche keinen Heldensohn.

KULE Aber wie sonderbar, dass er solche Kraft im Auge hat, dass er sieht, was du nicht siehst.

MUTTER Ist er darum ein Held, weil er mehr sieht als seine Mutter?

KULE *bei sich* Ist er vielleicht einer, der in der Welt steckt wie ein Vogel in der brechenden Eierschale, mit den Augen lebt er schon in der andern Welt – und sie hat ihn nötig?

MUTTER So mögen dieser Welt die Götter helfen, denn ihre Mütter sind keine Menschen.

KULE *vorsichtig* Aber man hat Beispiele, dass Götter niedersteigen. Göttersöhne sind keine Mutterkinder. Wie alt ist dein Sohn?

STEISSBART So alt wie ein Mann.

MUTTER Steissbart schweig'! Ein Gnom sagte das, so gross nur *Sie rührt an Kules Knie.* Er weiss kein Alter zu schätzen, mein Sohn ist ein Kind.

STEISSBART *räuspert sich.*

KULE Und du träumst, dass ihm ein Übel zustiess?

MUTTER Ein schweres Übel.

STEISSBART *räuspert sich lauter.*

KULE So war es eine Warnung, sprich mit deinem Sohne, dass er weiss, was ihm droht.

STEISSBART *lacht.*

MUTTER Wie könnte ich das, hörst du nicht, wie Steissbart – –

KULE Horch!

MUTTER Nun ist er still.

KULE Mir deuchte ein Rossewiehern vorbeizuschwingen wie Flügelschlag reisender Zugvögel übers Haus.

MUTTER *hält sich die Ohren zu* Das will ich nicht hören.

Die Tür fliegt auf.

KULE War's ein Mensch, der eintrat?

MUTTER Steissbart sprang wohl hinaus. *Sie schliesst die Tür, hart an ihm.* Damals war es Zeit, als du am Kreuzwege standest, auszuführen, was du dachtest. Tatest du's, du hättest mich vor diesem bewahrt. Aber jetzt ist andere Zeit, nun hilf mir.

KULE Also das war das Ziel, als ich von dir ging – zu dir. Sieh', wie ich geführt bin und glaubst selbst nicht, wohin du sollst.

MUTTER *abwesend* Ich soll wohl, aber ich kann schlecht.

KULE Und was ist das, was du sollst?

MUTTER Er hat mich betrogen – als er mich verliess und mir den Sohn verhiess, seinen Sohn, da versprach er, er wolle wiederkommen, wenn das Kind Mann wäre, und prüfen, ob ich alles recht gemacht.

KULE Und ist nicht gekommen?

MUTTER *bissig* Doch – im Traum dieser Nacht, im Traum kam der Gott zu der träumenden Frau. Kann man sich von Brot nähren, das im Traum gebacken ist?

KULE Und doch sind Träume heilige Wirklichkeit.

MUTTER Warum kam er damals nicht im Traum, wenn Traum Kraft hat? Nein, er kam wie ein starker, grosser Mann, bärtig und voll Atem. Es war kein Traum! *Entschlossen* Sein Traumgesicht erkenn' ich nicht an – wie, wenn er dann selbst käme und sagte: »Du hast dich belügen lassen von Gauklern aus dem Schattenreich, meines Sohnes Vater ist kein Schatten der Nacht.«

KULE Was dem Gott beliebt, müssen die Menschen lieben.

MUTTER Ja, auch dich erkenn' ich wieder, wie schon am Gang und Tritt, so jetzt an deinen Worten. Hör' doch, er verkündete mir im Traum, nun, da das Kind Mann sei, wolle er sein Ross senden, ihn in die Welt zu tragen.

KULE Zum Heil der Welt.

MUTTER Zum Tode der Mutter.

KULE *zeigt auf seinen Stab* Er kommt von ihm und führt mich zurück. Auch das ist sein Wille. Alles trifft zusammen am Ende, wie bei Beginn beschlossen.

MUTTER Und ich Gefäss, leergegossen und der süssen Mutterlust beraubt, mag als Scherben dein schales Alter hegen? Pfui, mein Gott!

KULE Aber das Ross, es stampft vor deiner Tür!

MUTTER Erfüllung sprengt auf vier Hufen, sie mag sich in acht nehmen, dass sie kein Bein bricht. – – Du Altgewordener, denke, du wärest noch jung, und ich riefe dich, deine Braut, in höchster Not, hilf!

KULE O, Weib, willst du mit toter Vergangenheit der lebenden Zukunft schaden?

MUTTER Und ich soll eines Gottes Launen leiden! Spottete er nicht, da er mir die Hoffnung, ihn zurückkehren zu sehen, anstatt seiner liess? Spie ein falsches Wort aus seinem Munde, und ich soll Schicksal hineinhören? O, du und dein Stab, ihr seid zwei traurige Brüder, ein Rossewiehern macht euch gruseln.

KULE Ich kann das Ross nicht erschlagen.

MUTTER Dir graut schon, davon zu sprechen, scheint mir.

Der SOHN *kommt zur Tür herein, reibt seine Augen und schüttelt den Kopf.*

SOHN Zehn Sonnen machen das Haus nicht hell und ob sie immer tanzten. Sieh', Mutter, da und da, fliegen wie Schneehühner am Wolkenboden. Was ist das – – ein Mann und hat eine Sonne als Kopf?

MUTTER Unser Gast, Junge, sei freundlich mit ihm, er kommt weither.

SOHN Doch nicht zu Ross? *Reisst die Tür auf* Sieh doch, draussen steht Herzhorn.

MUTTER Herzhorn heisst's? Du benennst dein Getier gut. Ich glaube, in meines Vaters Stall, eine Kuh, -- die hiess auch so.

SOHN Benennen? Es heisst so, ich hab' es nicht benannt.

MUTTER Heisst so! Ist sein Name eine Blume, die sich bekanntriecht? Wer hat dir seinen Kuhnamen verraten?

SOHN Hör' doch, Mutter, es hat den Wind in seinem Leibe, sicher ist es nicht seins, ich sage dir schon wessen -- meins *Zu* KULE Sieh' auch!

KULE Ich?

SOHN Hufe hat's wie vier Augen, so kann es springen, und hätte man vier Augen, zu schauen, man hätte Not, *Zu* KULE ihm zu folgen, es läuft wie dein Blick.

MUTTER So lahm ist es? Wie sein Blick!

SOHN Wie du sprichst, Mutter! Wer kann mit Blicken um die Wette laufen?

MUTTER Mit seinen eine Schnecke, er sieht nichts.

Geht hinaus

SOHN Du siehst nichts?

KULE Nein.

SOHN Auch die Sonne nicht? Sieh' nur auf den Boden, sie scheint durch die Tür.

KULE So wenig die Sonne wie dich.

SOHN Du siehst die Sonne nicht?

KULE Nicht Sonne, nicht Welt, nicht Himmel, nichts!

SOHN *tritt vor ihm zurück* Aber du sprichst doch vom Sehen, deine Zunge kennt es, du kannst sehen sagen, also musst du doch wissen, was es ist. Siehst du gar nichts?

KULE Doch, schwarze Nacht.

SOHN Aber du sagst doch, dass du die Sonne nicht siehst, woher weisst du, was das ist?

KULE Die Sonne? Die war, ehe ich war; als ich sehend war, sah ich sie, blind fühle ich sie, und wenn ich nicht mehr sein werde -- wird die Sonne immer noch sein.

SOHN Wenn du nicht mehr sein wirst – – wie kann das sein?

KULE In der Zukunft werden wir alle nicht mehr sein.

SOHN Aber wo sonst, wir können doch nicht in die Vergangenheit zurück?

KULE Aber wir werden selbst Vergangenheit – – wir vergehen – – ich bin's schon fast, mir scheint die Sonne nie, nie wieder. Niemals seh' ich die Sonne.

Die MUTTER *kommt wieder herein, horcht.*

SOHN *bedenklich* Aber in der Nacht träumt man doch, und du sagtest, du sähest schwarze Nacht, so müssen doch Träume drin sein – – siehst du die? Ich sah doch in dieser Nacht, bevor es kam, das Ross im Traum.

KULE Und deine Augen waren geschlossen, und die Sonne schlief?

SOHN Das ist wahr, das lass mich bedenken. Es war, als hätte ich offene Augen, als schiene die Sonne – – als stand ich, als ging ich – – ganz so. Ich ritt im Traum.

KULE Und hattest Freude am Reiten?

SOHN Es ging über weite Breiten, über breite Heiden – – ich weinte vor Freuden.

MUTTER *unruhig beobachtend*

KULE Und doch schien keine Sonne in deine schlafenden Augen, sie waren so gut wie blind – – sieh, so seh' ich auch träumend und sehe schöner und weiter als mit wachenden Augen.

SOHN Und was siehst du?

KULE *leise* Die Zukunft.

SOHN Mutter, Mutter, hörst du, er sieht die Zukunft.

MUTTER Hat er Hunger? Tanzen ihm volle Schüsseln vor Augen? Frag ihn nach dem Inhalt, da wird man sehen, ob es wahr ist beim Abendessen.

SOHN Hörst du nicht, was er sagt?

MUTTER Er träumt.

SOHN Aber von Zukunft, *Leise* vielleicht habe ich auch von Zukunft geträumt.

MUTTER Nun, das ist deine Sache, in deiner Zukunft bin ich nicht dabei.

SOHN Du nicht? Da verlass dich auf mich. Sohnes-Zukunft ist Mutter-Zukunft, wie soll es anders sein?

MUTTER Falsch, Sohnes-Zukunft ist Mutter-Vergangenheit. Deine Zukunft bringt mich um, das musst du wissen.

SOHN Wie kann das angehn? Wenn du nicht wärest, wäre ich nicht – – und so lange ich bin, musst du auch sein.

MUTTER Sieh' an, wenn du nicht bei mir bist, so ist es dasselbe, als wärest du gar nicht – – ich wäre auch nicht Mutter, was sollte ich sonst sein, was könnte ich sonst werden? *Hart* Einst hab ich dich in diesem Gemach zur Welt gebracht: da gab ich mein Leben an deines weiter, denn kein anderes Leben hast du als meines. Ich wurde mein Sohn, und nur, weil ich von dir Liebe empfing, gabst du mir zum eigenen Leben so viel zurück, wie ich zur Notdurft brauchte. Du hast mein Leben empfangen, das vergiss nicht, und wenn du fort bist, wer soll mir Leben schaffen? Alles, was mein ist, hast du im Besitz, wenn du es mit dir in die Zukunft trägst, so muss ich darben und sterben.

SOHN Kann es so sein?

MUTTER Ich lebe nur von den Almosen deines Lebens.

SOHN *zu* KULE Hörst du es?

MUTTER *zu* KULE Hörst es und hilfst mir nicht?

KULE Weisst du, wie ich die Kraft verlor zu sehen?

SOHN Warum soll ich das wissen, ich sehe ja!

KULE Aber vielleicht bist du in manchen Dingen blinder als ich. Sieh', meine Augen, das waren zwei Spinnen, die sassen im Netz ihrer Höhlen und fingen die Bilder der Welt, die hineinfielen, fingen sie und genossen ihre Süsse und Lust. Aber je mehr kamen, um so mehr wurden ihrer, die waren saftig von Bitterkeit und fett von Grässlichkeit, und endlich ertrugen die Augen nicht mehr solche Bitterkeiten, da haben sie den Eingang zugewoben, sassen drinnen, hungerten lieber und starben. Wie könnte ich in Worten sagen, was meine Augen geblendet hat?

MUTTER Recht! So ist die Welt, willst du auf dem Ross ausreiten und am Stabe heimkehren?

KULE Aber höre weiter! Wenn ich nachts liege, und die Finsterniskissen mich drücken, dann drängt sich zuweilen um mich klingendes Licht, sichtbar meinen Augen und meinen Ohren hörbar. Und da stehen dann die schönen Gestalten der besseren Zukunft um mein Lager. Noch starr, aber von herrlicher Schönheit, noch schlafend – – aber wer sie erweckte, der schüfe der Welt ein besseres Gesicht. Das wäre ein Held, der das könnte.

MUTTER Ein Heldentum in Jammer und Nöten!

KULE Aber es könnte vielleicht doch einer!

MUTTER Der sollte vorher seine Mutter begraben; er könnte auf seinen Schild eine Unke malen, die in einem toten Herzen sitzt, dass die Welt weiss, was für ein Held er ist.

KULE Aber was für Herzen würden dadurch erst schlagen können! Ganz andere Herzen, die ganz anders schlagen, als sie jetzt können.

MUTTER *zum* SOHN Sieh ihn an, ihn bangt um die vollen Schüsseln und verzweifelt, wenn du nicht gleich reitest, dass etwas für ihn abfällt. Er redet für seinen Magen gegen eine Mutter.

SOHN Sagtest du nicht, Mutter, ich sollte freundlich sein gegen ihn? *Zu* KULE Die Sonne ist hinterm Berg. Wie schnell fliegen die Sonnen da, wo du herkommst?

KULE Es gibt überall nur eine Sonne – – immer dieselbe Sonne sieht die weiteste Welt.

SOHN Und ist nicht blind geworden von dem, was sie sieht? Was sie sieht, will ich auch sehen, ohne blind zu werden. Aber wo sonst, wenn du sie nicht siehst, stehen die Bilder der Zukunft, wenn nicht in deiner Nacht vor deinen Augen?

KULE Sie stehen in keiner Sonne und werden nirgends von der Sonne beschienen. Aber sie wollen und müssen einmal aus der Nacht. Das wäre die Kunst, sie an die Sonne zu schaffen, da würden sie leben.

SOHN Ich muss sie auch sehen. Sehen, was die Sonne sehen kann, will ich, und will wissen, wie die Bilder der Zukunft aussehen. Wir müssen auf die Nacht warten.

MUTTER Ja, wartet nur auf die Nacht.

Der SOHN *setzt sich zu* KULE *auf die Bank, schiebt dabei ein Bündel, das dieser schwer hingelegt hat, zur Seite, stutzt und befühlt es.*

SOHN Mit dem Bündel – – mit solcher Last kommst du weither?

KULE *lächelnd* Was wäre daran?

SOHN *lässt beschämt den Blick zur Seite gleiten, dann resolut* Ich getraute mir's kaum und du – – bist du nicht alt? Und blind mit solcher Last! Es muss ein liebes Stück sein.

KULE Ein Stück vom Leben, ein liebes Stück vom Leben, sieh' es dir an, es ist lebendig.

SOHN *packt verblüfft ein ziemlich grosses Felsstück aus* Ein Stein, ein Brocken rauher Stein.

KULE Ja, ein Brocken Leben.

SOHN Leben?

KULE Ich sage so, du sagst wohl anders; es ist schnell erzählt, wenn du willst. Es ist schon Jahre her – –

SOHN Schon Jahre – – mit diesem Stein?

KULE Ich sass in einem wüsten Lande, steinig und stolperig, dass ein Blinder schon seine Not hatte im Schreiten – aber das war nicht alles, nur das Kleinste, denn auch das andere Licht, das kleine drinnen, wollte in seinem Kämmerchen nicht mehr leuchten. Es war auch sonst dunkel als vor den Augen. Einen grässlichen Finsternisschrecken hatte ich bei mir nisten, und einen schweren Seufzer liess ich von mir – nun, da seufzte es zurück, so tief, dass ich mich entsetzte trotz meiner grossen Not und dachte – halt, der fühlt's doppelt. Und musste Tränen weinen. Aber als es sich von demselben Orte wieder so herzbrechend jämmerlich anhörte, gab ich schnell dem Schmerze seinen Abschied und tastete mich hin, wo es ärger schluchzte, als weinte ein hungriges Kind um seine tote Mutter. Und es war der Brocken, den du in Händen hast. Den trag ich mit mir seitdem und denke immer: lieber selbst still leiden, als andere mit so doppeltem Leid beladen. Und endlich wurde es mir deutlich, als hätte es mir eine Stimme ins Ohr gesagt: wer sich noch mit anderer

Leid dazu belädt, der ist der erste wahre Mann.

SOHN *lässt den Stein langsam aus den Händen auf den Boden gleiten. Steht auf und geht langsam,* KULE *durchdringend anschauend, an ihm vorbei. Wie er in seiner* MUTTER *Nähe ist, macht sie mit der Hand eine Gebärde nach der Stirn – er wehrt heftig ab. Endlich halblaut* So blind möchte einer wohl sein.

MUTTER *winkt dem im wachsenden Dämmer erscheinenden* BESENBEIN Steck es zu dem andern Gerümpel.

> BESENBEIN *robust, tolpatschig, verlegen, neugierig, schreckhaft, verwundert, mit grossen Besen statt der Füsse, lädt den Brocken auf und klettert mit ihm auf eine Leiter zur Tür einer niedrigen Bodenkammer. Wie er ihn zwischen den unordentlich liegenden übrigen Plunder steckt, entgleitet ihm der Stein. Er greift nach ihm und reisst dabei allerlei von den Sachen herunter. Einiges poltert ins Helle. Dabei eine Wiege. Er steht verlegen und möchte sich drücken.*
>
> MUTTER *tritt hastig heran.*

KULE *kaum merklich beunruhigt* Wer war das, der so über den Boden schlurfte?

SOHN *zerstreut nach der* MUTTER *sehend* Es ist Besenbein, ein Hausgeist.

KULE Ein guter?

SOHN *zerstreut* Ja, ja, ein recht guter – das heisst – er hat Besenreiser statt der Füsse und kommt bei Dunkelwerden und wandert auf Besenfüssen durchs Haus. Am Morgen ist alles rein. Er sagt auch nichts, und in der Frühe ist er verschwunden. Ja, wenn er könnte, er wäre längst über alle Berge, aber so auf Besen steigt sich's schlecht – ist wie ein Hofhund, die Besen sind seine Kette. Er frisst seine eigenen Worte und wird stark und fett davon. – Was ist das doch, Mutter?

MUTTER Deine Wiege ist es, deine kleine Wiege, du hast darin gelegen, denke!

SOHN So klein war ich einmal? Selbst Steissbart, wollte er sich darin betten, müsste die Beine überhängen lassen.

MUTTER *verloren in Gedanken* Die alte Wiege!

Sohn *tritt heran.*

MUTTER *heftig* Die ist lebendiger als zehn von euren seufzenden Steinen.

SOHN *stumm*

MUTTER *sieht ihn an* Nun, was kommen dir für Gedanken, mein Sohn?

SOHN Keine besonderen. Aber wenn man's recht bedenkt, gegen eine junge Katze war ich noch ein Riese, davon hätten zehn und noch mehr Platz in der Wiege gehabt.

MUTTER Menschen sind keine Katzen.

SOHN Ja, Mutter, ich weiss! Man könnte aber denken, dass es auch noch andere als ich gewesen sind, die darin gelegen haben. Warum hatte ich keine Brüder und Schwestern? Bist du immer mit mir allein gewesen?

MUTTER Meinst du, es wäre mir einsam vorgekommen? Einsam mit dir? Du warst so viel wie sechs deinesgleichen. Und dir! – – War ich nicht deine Sonne und dein Mond? Tags, wenn du die Augen aufschlugst, hängten sich deine Blicke an mein Gesicht, und wenn ich hinten herumging, warfst du schnell den Kopf herum und stelltest deine Augen auf die Lauer, wo ich wiederkommen musste, gerade wie wenn eine Wolke vorbeifährt und man auf den Rand schaut, wo die Sonne wieder erscheint. Und nachts, wenn es dir ankam im Dämmer der Sommernacht, verwundertest du dich in linder Freude, wie man im Vollmondschein liegt und leicht hinlächelt. So war's damals.

SOHN *schweigt.*

MUTTER Ach, du denkst an Dinge, die nicht zum Denken sind – –. Sieh' doch, *Greift hinein* ein Bündel alter Kleider von damals – – nein, da warst du schon grösser, da liefst du schon hin und her, ja, was warst du für ein süsses Kind! Warte, du *sollst sehen – – Sie nimmt die Kleider, stopft leicht etwas hinein.* Nun einen Kohlkopf gross von Flachs – – und stellst dich fern und siehst ins Dunkel – – *Sie stellt die Puppe an verdunkelter Stelle auf.* nicht gar zu genau – – so warst du's. Und rief ich nur – – so kamst du getrippelt, das kann ich dir nicht zeigen – – nein, ich war nicht einsam, war ich bei dir. Du hattest zwei grosse Augen, da durftest du mich nur anschauen, dann wurde mir froher, als wenn die Sonne den ganzen Tag schien. Und durftest mir mit den kleinen Händen nur deine Steine und Spielzeug hinstrecken zum Bewundern, das war mir lieber als alle Freuden ohne dich. Du hattest zwei Füsse, die laufen zu hören, aus den Ecken, in die Ecken, leicht auf der Diele und leiser über die Matte, das war mir den ganzen Tag ein Fest – – nein, wir waren nicht einsam, wir waren viele, viele zusammen. Sieh', da sind auch die Schuhe – – das klang so, wenn du liefst! Jetzt sind deine Fusstritte wie Schmiedshammerschläge, damals klang es, als ob der Specht im sonnigen Holz hämmert, eifrig, eifrig.

SOHN Sieh', Sieh', Steissbart ist gekommen und hat der Puppe den Flachskopf abgeschlagen. *Der Kopf ist gefallen.*

MUTTER Lass ihn, ich habe anderes zu denken als an frühere Zeiten – – ich fühlte und sah im Augenblick wie damals. Ich sprach kaum mit meinem Sohn, ich sprach nur von meinem kleinen Jungen mit dir, du solltest ihn doch kennenlernen. Aber ich – – ich bin auch nicht mehr von damals.

SOHN Und wie warst du damals, als der kleine Junge dir seine Steinchen hinstreckte und sich mit zwei Augen an dich hängte?

MUTTER Lass das, ich weiss das nicht. Aber sicher bin ich nun nicht mehr die Sonne für deine Augen, die du eben so blind gewünscht hast wie seine *Mit Kopfdeuten nach* KULE Sie suchen andere Arten von Sonne *Sie packt die Kleider wieder zum Bündel.*

SOHN Erzähl' mir mehr davon, Mutter.

MUTTER Wozu? Was ich damals hatte, hatte ich sicher, heute weiss ich kaum, was ich noch habe. Es ist besser, auf die Jungen zu passen als auf die Alten -- und gegen den da *Sie zeigt auf das Bündel.* bist du -- du, wie du da stehst, ein blutjunges Bürschchen. Die Jungen, die Jungen muss man hüten.

SOHN Das ist eine schöne Sache, ich glaubte mich leidlich vernünftig, und sieh' an, vor dir bin ich blöder als ein Wiegenkind.

MUTTER Ich sage dir nochmal *Hält die Wiege im Arm* die ist lebendiger als zehn von euren Seufzersteinen. *Für sich, indem sie hinaufsteigt und die Wiege wieder an ihren Ort setzt* Bin ich wie eine Wiege? Lass ich ein Kind in mich legen und von mir nehmen wie aus einer Wiege? Mich zum Gerümpel stecken? Mein, mein, mein Sohn ist es gewesen und mein soll er bleiben. *Laut* Mein Sohn!

SOHN *bei* KULE *stehend* Ja, Mutter, was willst du?

MUTTER War es richtig, was ich rief?

SOHN Ich glaube, ich hörte falsch; war ich es, den du riefst?

MUTTER Was verdient der, der deine Mutter eine Wiege nennt?

SOHN *lacht* Was der verdient?

MUTTER *immer noch im Dunkel kramend* Ja, was soll mit dem geschehen?

SOHN Er soll in ein Fass gesteckt werden, darein werden Nägel geschlagen, und er soll damit gewiegt werden.

MUTTER Und einer, der deine Mutter wie eine Wiege behandelt?

SOHN *kommt heran* Ich versteh' dich nicht, wer kann dich wie eine Wiege behandeln?

MUTTER Wer?

SOHN Ich wüsste keinen, dem das einfallen könnte. Er wäre ein Narr. Aber du redest nur so von jemand, der nicht ist. Von einem, der ebenso von Lumpen ist wie ich, als du die Puppe aus den Kleidern stopftest. Man müsste ihm den Kopf abschlagen, wie Steissbart der Puppe. Hat er nicht auch einen Kohlkopf von Flachs? Ich wollte es schon selbst -- *Hebt die Hand*

MUTTER *greift ihn erschrocken am Arm* Bist du toll, Junge? Man kann bange werden vor dir.

SOHN Merkst du am Spass, dass ich kein Wiegenkind mehr bin, Mutter?

Zweiter Akt

Dämmerige Sommernacht. Man hört abgerissenes, bald schweigendes, bald wiederanknüpfendes Gespräch von SOHN, KULE *und* STEISSBART.

Die MUTTER *wirtschaftet und beobachtet. Am Herd liegt unzerkleinertes Fleisch. Ganz vorn* BESENBEIN *mit dem Stein am Boden räkelnd. Er spielt mit ihm wie mit einem Tiere, hält ihn gelegentlich ans Ohr, als wollte er genauer hören, lacht sich lautlos halbtot.*

STEISSBART Der Faule lebt so lange wie der Fleissige.

KULE Einer hat kurze Weile bis zu seinem frühen Tode, der andere lange Weile bis zu seinem späten Tode.

STEISSBART Aber alles Leben wird mit demselben Tode bezahlt, ob er nun früh oder spät heisst. Kurze Weile und lange Weile sind zwei ungleiche Schwestern, aber sie kriegen eine so viel Mitgift wie die andere.

Die MUTTER *geht zur Tür hinaus.*

SOHN *flüsternd* Sieh' doch, Mutter! Wenn es wahr ist, dass ich ihr Leben bin, und sie durch mein Leben weiterlebt, so könnte man denken, der Mensch wäre eine Honigwabe, die seine Gedankenbienen vollsammeln, und die der Tod als Leckermaul einmal frisst. Aber das ist falsch.

STEISSBART Alles falsch!

KULE Manche sagen: wenn das Leben schwindet, ist der Mensch ein Aas, nichts weiter.

SOHN Und wohin schwindet das Leben, kann Leben sterben? Ist Leben ein Windhauch, der in einen Busch fährt, dass er rauscht; und wenn er wieder hinausgeht, ist er tot? Wird Leben auch zum Aas, wo bleibt es, wo bleibt es?

KULE Es wird uns nichts geschenkt, es ist uns geliehen, und was man leiht, muss man einst erstatten.

SOHN An wen, wer ist der Verleiher, wer will sich selbst gelie-

hen haben? Was wäre man, wenn man's nicht selbst ist, was man ist! Alles falsch!

STEISSBART Alles falsch!

KULE Ja, wenn man das Falsche falsch heissen kann, muss doch das Rechte in einem stecken. Irgendeine Wahrheit muss es ja geben, oder sollte es gar keine Wahrheit geben? Das wäre, als sagte man, es gibt keinen Baum, weil das Ding auch anders heissen könnte, aber der Baum und die Wurzeln und die Blätter, die sind doch da?

SOHN Ja, es muss eine Wahrheit geben, geben muss es eine Wahrheit.

KULE Sie ist nur verborgen in den Eingeweiden der Zeit. Der Bär Irrtum hat sie verschluckt; schlag' ihn tot und schaff' ihr Luft.

STEISSBART Sonst würde Wahrheit zu Mist.

> SOHN *hat* BESENBEIN *beobachtet, kommt heran und hebt den Stein ans Ohr. Da er nichts hört, lässt er ihn fallen.*
> BESENBEIN *legt sich mit dem Stein im Arm irgendwo ins Dunkle.*

MUTTER *kommt wieder herein und zeigt mit der Hand* Nicht viel grösser als ein fettes Kalb ist es. Scheu wie ein Reh, so nimmt es sein Fressen. Ein Hirsch dürfte ihm nicht über den Weg traben in seiner Verzagtheit. Es scheute vor dem grabenden Maulwurf in der Erde.

SOHN Wie, Mutter?

MUTTER So wie ich sagte, nicht anders.

SOHN Aber dann?

MUTTER Dann, was dann?

SOHN Was sagtest du dann?

MUTTER Was ich noch weiter sagte?

SOHN *stutzt* Hab' ich's nicht schon einmal gehört -- dies und was danach kam?

MUTTER Eben als ich eintrat, sagte ich's zum erstenmal, eben erst hab' ich das Rösslein, das Herzhörnchen gesehen, wie konnte ich vorher davon sprechen?

SOHN *langsam* Ja, aber mir schien es so -- es war wohl auch nichts Besonderes -- nur, dass es dann kam, dass es danach gesprochen wurde, das war's! Ich weiss es nicht.

STEISSBART -- was nicht gesagt ist; du hast vernommen, was nicht läuten kann, weil es einen Hut über sich kriegte, ein Hahn, der nicht krähen darf.

SOHN Einen Hut?

STEISSBART Einen Strang um den Hals, einen Knebel ins Maul.

MUTTER Es wäre ihm gut, er bekäme einen. Wie? Mit beizendem Wasser hat er mich genetzt, Steissbart, mein Knecht. Hörst du, mich, deine Mutter hat er so beleidigt.

SOHN Steissbart? Wie konntest du das? *Jähzornig* Wie konntest du das, Steissbart!

MUTTER Und jetzt mit solchen Reden, wie er tut, verhöhnt er mich.

SOHN Ich weiss nicht, was er sagt, aber es war seine Schuldigkeit, anders zu reden. Steissbart, willst du nicht büssen, so lass deine spitzen Reden in deinem ledernen Halsköcher stecken.

STEISSBART Wahrheit wird Mist, Wahrheit wird Mist!

MUTTER Hörst du ihn?

SOHN *greift ihn* Steissbart, Knecht! Mutter, was soll er haben? Im Keller geknebelt sässe er angemessen für die Nacht.

STEISSBART *schreit.*

SOHN Er soll das Maul geknebelt haben, ist das nicht genug, Mutter?

MUTTER Halbes Recht, mein Sohn.

SOHN Du sollst ganzes haben.

MUTTER In den Keller mit ihm, er soll lernen, wie seine Sippe sich betragen darf. Er hat mich mit seinem Wasser --

STEISSBART Sie fressen mich, sie braten meinen Leib lebendig!

SOHN Wer frisst dich, wer mag dich braten? Niemand. Das Fett deines Leibes ist ranzig vor Alter, und niemand wird es gelüsten, in deinen bärtigen Steiss zu beissen. Hinunter mit ihm!

STEISSBART *wird geknebelt.*

STEISSBART Nimm dein Götterross in acht!

MUTTER Fester!

STEISSBART *gurgelnd* Nimm dein Götterross in acht --

MUTTER Er gurgelt noch.

SOHN Er ist stumm -- Was sagte er -- Götterross?

MUTTER *leicht* Spass! Er meinte, es ist das beste und neueste deiner Güter. Und so, wenn wir es weitertreiben wollten, könnte ich dich meinen göttlichen Sohn heissen. Bist du nicht mein Bestes? Aber neben dem Ross bin ich keine gleichwürdige Mutter.

SOHN Was soll er nun, sprich, Mutter!

MUTTER Mutter -- ja, nur Mutter.

SOHN *lachend* Göttermutter!

MUTTER Und doch ist das Wort ein Spott von einem Wort.

SOHN Ein Spottwort?

MUTTER Wenn dich das Ross zur Mutter trüge, wäre es ein ehrliches. Aber was ist das für eine Göttermutter, die das Ross des Sohnes mit dem Staube des Abschieds bewirft!

KULE Geben muss es eine Wahrheit, ein Wort muss da sein, aber freilich Gott-Mutter ist es nicht. Ein Wort, das nicht klingt; es muss anders heissen.

SOHN Was sagen die da?

MUTTER Worte, die klingen, aber es sind Reden wie Nesseln, sie brennen von Lügen.

SOHN *bestürzt* Doch, doch, Worte wie Sonnenstrahlen, wie heisse Pfeile, und da steh' ich im Schauer ihrer Reden! Mutter!

MUTTER Sohn?

SOHN *verwirrt* Was soll es mit Steissbart?

MUTTER Lass es noch mit dem Keller. Aber mich brennt sein Blick, ich will seiner unsichtig nicht vor seinen Augen dastehen.

SOHN So mag er seine Untat da oben büssen.

Hängt ihn unter den Räucherboden

MUTTER Er erstickt im Rauch.

SOHN Steissbart nicht; aber er beizt ihn, er beizt ihn dreifach, und das ist sein Recht für sein Unrecht.

MUTTER Aber nun lasst uns ruhen, es ist volle Nacht geworden.

SOHN Ja, Mutter, geh' hinauf in deine Kammer, da können wir hier so weiterschwatzen.

MUTTER Und die Nacht betrügen, die heilige Nacht? Den Schlaf töten, Sohn? Das leide ich nicht. Der Schlaf ist selbst ein milder Mörder, der den Menschen mit Traum und Ruhe eine Zeitlang lieblich tötet. So ist es Sitte, so soll es bleiben.

KULE Der Schlaf ist ein Betrüger, er legt uns eine Binde um die Augen, dass wir das leise Licht nicht sehen, mit dem die Nacht ihre Gedanken beleuchtet, und stopft uns Wachs in die Ohren, dass wir das Gemurmel ihrer Stunden überhören.

MUTTER Und was murmelt sie dem, der nicht das Wachs des Schlafs in den Ohren hat?

KULE Sprichwörter der Ewigkeit.

MUTTER Weisst du eins, das du erlauscht hättest?

KULE Man kann sie nicht wiedersagen, sie verklingen im Ohr, aber sie bleiben unverhallt im Herzen.

MUTTER *sitzt nieder* Nun, so wollen wir den Menschentöter Schlaf nicht über die Schwelle lassen, lauschen auf die Sprichwörter der Ewigkeit.

KULE Wer Sorgen hat, vernimmt nur immer dieselbe Zischelzunge. Er ist nicht geartet, die heilige Sprache der Ewigkeit zu verstehen.

MUTTER Wer Sorgen hat? So hört keine Mutter, was die Ewigkeit zu murmeln hat.

KULE Man kann Leid haben und doch keine Sorgen. Man kann mit der Ewigkeit Sprüche wechseln und doch unterm Tage seufzen. Ich kenne Leid.

MUTTER Und weisst nichts von Freude zu sagen? Elender, der du nichts, nicht Vater bist, nicht Weib hast, nicht Kind hast, das dich Vater ruft – du solltest deinen Mantel über dich ziehen und verstummen.

KULE Ist nicht Liebeslust die Mischung aller andern Freuden? Ist das, so hab' ich in Liebeslust zuzeiten Vaterfreuden vorgespürt. Sollte ich dem Kinde dieser Frau nicht gewogen sein wie ein Vater?

MUTTER Es wäre nicht unweiser, dich schnarchen zu hören. Du solltest dich schlafen legen, Weiser.

KULE Ja, es mag alles unweise sein. Es soll sein, wie du denkst, aber fühle ich nicht tief in der Brust, wie die Götter leiden? Mehr als Väter, mehr als Mütter leiden sie. Fühl' ich nicht tief in der Brust ihre Freuden? Grösser als die der Väter, grösser als die der Mütter, grösser als der Kinder Freuden sind ihre Freuden.

SOHN Wäre das die Wahrheit? Können Götter leiden?

KULE Alles Leid, alle Freude, die sie schenken, schmecken sie auch. Aber der Freuden sind wenige – – o, die Götter sind voll unendlicher Leiden.

SOHN Wie müssen doch Götter sein! Es kann wahr sein, was du sagst; vielleicht ist das Leben, das wir haben, zugleich das Leben der Götter?

KULE Ja, der Götter Seufzen ist ein Sturm, ihr Weinen ein Regensturz. Und wir sind nicht allein mit unsern Schmerzen und Freuden. Es hat Menschen gegeben und wird wieder welche geben, die mit dem Hauch ihres Mundes sprechen können zu einem Gott: Vater! Und dürfen den Ton in ihren Ohren hören: Sohn!

SOHN *stillbewegt*

MUTTER Das wäre wie einer, der zum Blitz spräche: wir Springer, und zum Donner: wir Singer. Ein Mensch ist kein Gott.

KULE Manche haben doch Götterwesen an sich.

SOHN *ausbrechend* Man muss sie totschlagen, dass der Gott in ihnen nicht vorher zuschanden wird. *Verwirrt sich und schweigt*

MUTTER Ich wette, die Ewigkeit hält den Atem an und horcht auf unsere Sprichwörter. Wir Weisen! Hat denn Steissbart keine Spähne geschnitzt, dass wir Feuer haben in der Frühe!

SOHN Er soll's, er soll's.

MUTTER *hastig* Er hat noch nicht ausgebüsst. Ich schaff' es schneller als er.

SOHN Und ich schneller als du.

Er greift sich ein Messer, schneidet und spaltet, immer im Dunkeln. Schneidet sich in die Hand, das Messer fällt zu Boden.

MUTTER *hinzu* Du Toller! *Mit leisem Triumph* tief ins Blut, die Hand musst du schonen.

SOHN Ich wusste nicht, wie wohl es tut, Blut zu lassen. Was überflüssig ist muss überfliessen. Ich habe zuviel, es wäre besser, doppelt so tief geschnitten.

MUTTER Wie du das sagen magst!

SOHN *heiter* Aber es schafft Behagen.

Er lässt es rinnen.

KULE Für Knechtswerk; blute für Besseres!

SOHN Du hast recht; man muss es für Besseres sparen. Immer binde zu, Mutter.

MUTTER *verbindend* Und dann ruhe.

SOHN Auch ruhen muss man seine Kräfte, lass' mich ruhen – für Besseres. Zwar wer zuviel hat, muss Kraft verschwenden können, Kräfte an sich halten ist schwerere Arbeit, als Kräfte von sich geben. – – So ist es gut, Mutter, wie du es machst.

MUTTER Seit du in der alten Wiege lagst, habe ich dein Blut vermehrt, nur dass du es irgendwohin vergiesst. Und deine Kräfte genährt, dass du etwas zu verschwenden hast. Denke nicht an die alte Wiege und an deine Mutter, wenn du es treibst mit Blut, wie man eine Schüssel schmutziges Wasser weggiesst.

SOHN Es soll für etwas Gutes sein, alte Mutter.

MUTTER *sitzt neben ihm und fasst seine Hand* Dir wird es keine solchen Schmerzen machen, wenn es fliesst, wie deiner Mutter.

SOHN Alte gute Mutter!

MUTTER Alt – ja, das wird sie durch Schmerzen um dich, und gut dazu ist sie, sie zu verlassen.

SOHN Wie, Mutter – könnte ich wirklich glauben, dass dir das schlimm scheint, was mir das Beste dünkt?

MUTTER Vielleicht müsstest du den Tod leiden.

SOHN Hier müsste ich's auch, würde es dich freuen, wenn mich die Zeit tötet?

MUTTER Es wäre langsam, und ich sähe dich, selbst alt, noch in vollem Leben und hätte mein Genügen davon. Dort würde dich's vielleicht schnell ergreifen.

SOHN Ja, da tanzen Tod und Leben zusammen. Hier schleichen sie hintereinander und schrecken sich ohne Ende. Nur nicht hier sterben, Mutter.

MUTTER Was zuckt deine Hand?

SOHN Es fiel etwas Heisses darauf.

MUTTER Lass' mich deine Augen müde küssen. Ruhe süss in der tiefen, stillen Nacht. *Küsst ihn. Wie sie an* KULE *vorbeigeht, steht sie plötzlich still. Er hat sie nicht kommen gehört und horcht noch auf das verstummte Gespräch. Sie betrachtet ihn einen Augenblick und sagt:* Ruhe auch du sanft in der Nacht.

KULE *wendet sein Gesicht überrascht zu ihr.*

MUTTER Wie können alte Augen weinen, wo die jungen noch trocken bleiben?

KULE *nickt.*
Wie sie vollends hinausgeht, machen beide eine Bewegung, als wollten sie ihre Hände greifen, da aber KULE *falsch tappt, sie schon weggewandt ist, verfehlen sie es. Längeres Stillschweigen. Halbes Entschlummern. Der* ALB *erscheint,* BESENBEIN *ihm gegenüber, endlich avanciert der* ALB, BESENBEIN *drückt sich die Wände entlang fort. Der* ALB *kreist um* KULE.

KULE *mit verhaltener Stimme* Bist du es, guter Alb?

ALB *schweigt.*
SOHN *ist wieder wachgeworden.*

KULE Ich dachte, er sei es schon. Und er muss auch heute nicht ausbleiben.

Man hört des SOHNES *angsterpresstes Atemholen.*

KULE Der Göttersohn schläft tief, aber der Mensch muss wachen und leiden. Nur die liebe Nacht darf es wissen. Leiden, leiden, leiden; nur die Nacht wacht bei mir.
SOHN Soll ich helfen?
KULE Er spricht im Traum, er träumt Göttertum.
SOHN Ich schlafe nicht, Blinder, ich wache.
KULE Aber wie sonderbar deine Stimme klingt. Wie aus weiter Ferne, wie unter der Mühe schwerer Arbeit keuchend.
SOHN Wer ist es, der neben dir steht?
KULE *entsetzt* Wo steht er?
SOHN Er kreist um dich, wer ist es?
KULE *gefasst* Sei willkommen, guter Alb.

ALB *droht dem Sohne, dass er schweigt.*

KULE Bist du es nicht?

Schweigen

KULE Oder soll ich Furcht vor dir lernen, die ich noch nicht kannte? Das wäre das Schlimmste, nur das nicht!

Schweigen

KULE Könnte ich nun schlafen, wäre ich der grössten Schrekken Herr.

SOHN *will aufstehen, aber der* ALB *zwingt ihn mit schrecklicher Gebärde zurück.*

KULE Dann wäre der Alb mein Knecht und nicht mein Quäler, die Furcht verwinden, heisst alles überwinden.

Er schläft ein. ALB *und* SOHN *sehen sich an.*

SOHN Bist du es wirklich, der Menschenalb?
ALB Den Namen – den haben mir die Menschen gemacht – den, ja, den hab' ich von den Menschen.

SOHN Aber der Blinde nannte dich »guter Alb«. Bist du gut?

ALB *nickt wichtig.*

SOHN Gut!? Gut?!

ALB *nickt mehrmals.*

SOHN Und du quälst die Menschen?
ALB Das ist gut, aber sie fürchten sich davor, sie sind dumm.

Er kommt langsam näher.

SOHN Bleib' stehen, komm' nicht näher.
ALB *steht* Ja, sie fürchten sich.
SOHN *für sich* Bin ich ein Mensch, fürchte ich mich?
ALB Das ist dumm von ihnen.
SOHN Weshalb dumm?
ALB Weil es sie gut macht, wenn ich sie quäle. Alles, was sie einander tun, geb' ich ihnen zurück. Sie werden wieder gut durch mich, sonst blieben sie böse. Ich weiss, wie man aus böse gut macht. *Zeigt die Fäuste* Ich kenne mein Handwerk.
SOHN Also tust du es nicht mit lustigem Herzen, Alb, nicht mit Schadenlust?

ALB *seufzt tief, schüttelt den Kopf.*

SOHN Warum tust du es?
ALB *zuckt die Achseln* -- Wenn es sie gut macht? --
SOHN Aber vielleicht wäre es besser, du tätest es nicht. Wenn man dich totschlüge, die Menschen würden nicht schlechter, aber schliefen ohne Furcht in der Nacht. Wie gut wäre es, wenn man dich totmachte: wie du bist!
ALB Ich habe es schon versucht, aber --.
SOHN Hast es versucht?

ALB *nickt mit Verlegenheitsgrinsen und verbirgt das Gesicht hinter den Fäusten; ist dabei nähergekommen.*

SOHN *bezwingt sich, scheinbar ruhig* Die Menschen sollten dich totschlagen aus Barmherzigkeit gegen dich, du Armer, du Armer!

ALB *näher, mit grässlicher Lache* Die Menschen? Wenn sie mir nur die Augen ausreissen könnten, dass ich's nicht sehen müsste. Wenn ich nur Heu in den Lidern hätte – – ich wäre schon zufrieden. Aber sie können nicht mal das, das sind die Menschen – – und die Götter wollen nicht. Kein Gott bietet seine Hand, keiner will sich beschmutzen – – und dann lachen sie.

SOHN Was sagst du da, – – wollen dich nicht totschlagen, wollen sich nicht beschmutzen?

ALB Wenn ich nur nicht hören müsste, wie sie schreien – – durch die Ohren gehetzt werden, ist fast schlimmer als durch die Augen. *Deutet auf* KULE Zu ihm komme ich jede Nacht, schon lange. Er ist der Schlimmste.

SOHN Er? Schlimm? Was tut er?

ALB *schüttelt Kopf und Hände* Nicht so – – nicht mir – – meistens danken sie den Göttern, wenn ich ablasse, die Menschen, sie danken den Göttern, nicht mir – – aber wenn ich gerufen bin, muss ich folgen, anders kann ich nicht – – und er ruft, wenn ich ablasse und befiehlt jede Nacht, zur nächsten wiederzukommen.

SOHN Warum?

ALB Nur wegen der Menschen, totschlagen kann er mich nicht, aber solange er mich wiederkommen heisst, sind die Menschen ohne mich.

SOHN Aber sieh, er schläft, wenn du leise gehst, er könnte dich nicht mehr rufen – –.

ALB *dem es dämmert* Klug, klug sind die Menschen, listig sind sie!

SOHN Aber warum sagst du, er sei der Schlimmste?

ALB *wehrt ab.*

SOHN Sagtest du's nicht?

Alb *schwankt zwischen Kommen und Gehen.*

Sohn Das sollst du noch sagen.

Alb Lass mich.

Sohn Erst sag' mir, warum ist er der Schlimmste?

Alb *drohend näher* Wer mich ruft, wer mich gerufen hat, weisst du?

Sohn Du sollst mir – –.

Alb *schüttelt die Fäuste* Rufe mich nicht!

Sohn *unwillkürlich* Ich habe nicht gerufen, habe nicht gesagt: Alb! Nicht: Bleib! Nicht: Komm! Ich habe dich im Fortgehen befragt.

Alb *blickt auf den Schlafenden, überlegt, wendet sich.*

Sohn *für sich* Bin ich ein Mensch, habe ich Furcht? *Laut und gewaltsam* Alb, bleib!

Alb *schrecklich drohend* Komm schon, ist's eilig?

Sohn Warum? Du weisst was.

Alb Am schlimmsten für mich! Es ist schrecklich, böse Menschen – – so unter meinen Fäusten zu sehen. Aber einen Guten, den Besten! Als ob ich selbst büssen sollte für was weiss ich, dass ich dem Besten der Menschen so – – er schreit, er schreit laut!

Sohn Vielleicht wollen es die Götter, vielleicht ist er böse.

Alb *jähzornig* Vielleicht bist du es, du sei mir gut dafür! Wenn du schreist, dass es der Nacht in die Gedärme schneidet, sollen meine Ohren sich laben. Freuen soll es mich, weil er Ruhe hat.

Sohn Ich schrei' aber nicht.

Alb *spöttisch* Nein, du schreist nicht, ich habe noch nie einen Menschen schreien hören.

Sohn Ich bin kein Mensch, sagte er's nicht?

Alb *zweifelnd* Was sagte er denn, sprach er mit dir? *Schüttelt den Kopf*

Sohn *heftig* Mit mir, mit mir! Ich bin ein Göttersohn, hat er richtig gesagt. Du sollst sehen.

ALB Er hat oft dergleichen gesagt. So hat er gesagt: es ist besser, ein Gott ist sein Vater, als ich. Er spricht oft Dinge, man kann sie nicht deuten. Er sieht Dinge, die stehen in den Tagen, die wir noch nicht kennen.

SOHN *verwirrt* Du kannst es nicht wissen, aber ich weiss es.

ALB Aber ich spür' es, ob du Mensch bist oder ein Gott. Schrei' nicht, Menschlein, schrei' nicht, wenn ich dich habe – – und ich will »Gott« zu dir sagen. *Will ihn greifen*

SOHN Halt, ich will dir was anderes sagen. Totschlagen will ich dich, was kein Mensch kann vollbringen. Will mich beschmutzen und Gutes tun.

ALB Gleich?

SOHN Jetzt!

ALB Wirst du es können? Du kannst es nicht und dann – – werden ja sehen, am Ende, wie ich und meine zwei Fäuste das Kitzeln verstehen, da wird sich's auftun, deine Göttlichkeit oder Menschlichkeit – – Du, du *Gutmütig warnend* Du bist kein Gott, du bist keiner.

SOHN Die Menschen sollen sich wundern, wo du bleibst. *Er will ihn packen.*

ALB So? *Mitleidig* Wie er vor Eifer schwitzt, richtig wie einer von den Menschen, die in die Ehe treten und nicht wissen, wie sie richtig treten sollen. Muss dir's zeigen, armer Kerl, armes Gottluderchen, das du bist. So was muss man kennen.

SOHN *atemlos* Untersteh' dich nicht, ich will es vollbringen; ich brauche deine Freundschaft nicht, Scheusal!

ALB Scheusal, sagt er mit der Zunge, aber mit den Händen sagt er »Steinklump«.

SOHN *greift ihm ins Maul* Wir sprechen nicht mehr. Erst die Zunge heraus! Das ist der Schwanz deines Lebens, den reiss ab! Willst nicht? So muss ich anders greifen. *Wirft ihn nieder und reisst seine Brust auf.*

ALB *gurgelnd* Tiefer, tiefer, bist gleich am rechten Ort, taste nach dem Hüpfer, dem Stosser – so recht, da springt er schon auf, pack zu, pack zu, pack zu, lass ihn nicht entwischen. Krall dich ins harte Fleisch, reiss, reiss!

SOHN Er kommt nicht, er sitzt zu fest, ist's das Herz?

Alb Was Herz! Es ist der Stosser, der Springer Leben. Reiss, reiss!

Sohn Er reisst mich hin und her. Er wirft mich von einer Seite auf die andere – – mit schrecklicher Gewalt; wie er sich schüttelt, um mich loszuwerden, flieg ich vor- und rückwärts.

Alb Ist stärker als ein Riese, wie könnt' es sonst Herzstoss des Alben sein! *Stöhnen* Armer Stosser, der Alb hat seinen Alben gefunden.

Sohn Heisse Ströme sausen durch seinen Leib.

Alb Seine Kraft siedet, die Qual der Menschheit ist in ihm mit Gewalt und brennt.

Sohn Ich fühle schleimigen Saft, es dunstet wie eine aufgedeckte Schimmelstätte.

Alb Mit Martergrauen ist er durchzogen; er gibt es von sich in kaltem Schweiss.

Sohn Ich kann das Entsetzen nicht länger mit Händen pakken.

Alb Denk an die Menschen, denk an mich!

Sohn *neu entschlossen* Es muss gelingen.

Alb Aber eil' dich, eil' dich!

Sohn Hast du viel Schmerzen, armer Alb?

Alb Was fragst du nach meinen Schmerzen, bring sie um, bring sie um!

Sohn Er windet sich wie ein Wurm, die Kraft meiner Hände ist krank, ein Schnitt sitzt tief im Fleisch. *Lässt die Hände ruhen.*

Alb Aber die Kraft deiner Ohren ist gesund?

Sohn *lauscht hinab.*

Alb Einmal hab' ich mit meinen beiden eigenen Händen gegen den Stosser so gewütet wie du mit deinen beiden heute. Aber er war stärker als sie beide. Seitdem kränkt es mich, seitdem stinken meine Gedanken, faul bin ich mir selbst. – Hörst du nicht, was für einen Geruch können solche Gedanken haben, solche: dass ich ein peinvolles untötbares Schicksal bin. Pein, die ich schaffe, ist mein Leben, aber ich kann es nicht von mir tun. – Könnte doch mein Herz vor Leid brechen wie ein Menschenherz. Hebe noch einmal deine Hände und vollende es. Aber was ich dir tue, wenn du noch einmal ablässt, das wird das Schrecklichste von allem, was in meinem Gedächtnis fürchterlich lebt.

SOHN Armer Alb!

ALB Eil' dich, sonst heisst's: armer Gott.

SOHN Noch einmal mit dem unüberwindlichen Ungetüm deiner Brust ringen?

ALB Fragst du? Sagst selbst »Ungetüm« und weisst, was für Leiden sein Tod tötet! Unendliche!

SOHN Aber wenn Leiden heilig sind?

ALB Hast du sie geschaffen? Hör zu, das Ungetüm zittert im tiefsten Gewebe seines harten Fleisches vor schrecklicher Angst – – tu' noch einen herzhaften Griff, tu' ihn!

SOHN Mein Herz hat sich verkrochen, es ist wie ein Hündchen, das den Händen Mut zubellt – – aber ein bebendes Entsetzen in seinem Versteck. Die Hände haben keinen Mut. –

ALB So will ich selbst – – vielleicht ist es doch keine blöde Hoffnung, kein Narrenwunsch. – Komm, du Tausendstark, gegen meine zwei *greift in die Brust* mutlosen Hände. Der Göttersohn bellt sich Mut zu. Ihr zwei Fäuste bekommt die Peitsche, ihr braucht keinen Mut, tausend Peitschen wütenden Ekels treiben euch an.

SOHN *sieht entsetzt zu.*

ALB Hältst dich brav, aber hier weiss ich eine Stelle, nicht hart wie eine Faust, sondern wie ein Kinderhändchen, da lass dich proben. *Stille, dann tiefes Stöhnen* Wollt ihr nicht, wollt ihr nicht heran? Peitscht, ihr tausend Peitschen! Was seid ihr für Peitschen, die zwei Hände nicht zum Stossen bringen können! Her mit deinen, Göttersohn! *Fasst seine beiden Hände und führt sie.* Hier, hier, kralle, reiss', zerreiss'!

SOHN *springt zurück* Reiss selbst – ich will nicht, ich kann nicht.

ALB Komm' Lieber, komm' doch heran!

SOHN Wie soll ich das ertragen!

ALB Hilf mir, hilf mir!

SOHN Und wer hilft mir, wer kann mir helfen – –. *Unterdrückt* Mutter!

ALB *richtet sich auf* Mutter, rufst du – – ein Göttersohn und ruft Mutter?

STEISSBART *heult im Rauch.*

ALB *grinsend* Ich spürte so was, was wohl durch die Welt graust – – graust wie eine Hoffnung bei den Griffen deiner Fäuste. Ja, ja, erstanden war der Welt gute Hoffnung, aber geboren ist nichts worden, *Gelächter* eine Missgeburt allenfalls. Es grauste eine wollüstige Erwartung und zutage kam eine Missgeburt, ein Muttersohn erschien. Die Welt wird warten müssen, bis sein Finger geheilt ist oder bis sein Mut im Herzen ein Junges bekommt, einen echten Mut.

STEISSBART *heult.*

ALB Wie ich Töne höre, steckt da oben einer, ein echter rechter, meine Fäuste haben Hunger auf solche Speise bekommen. Dieser Mut soll den andern nicht begatten. *Er klettert hinauf, man hört würgen, fauchen, bis es still ist.* ALB *erscheint wieder.*

SOHN Was hast du mit ihm gemacht?

ALB Einen Mausbock umgebracht oder einem bockigen Mut den Hals abgedreht. Werden sehen, wenn der Mut echt war, erwacht er am Ende noch einmal, so was ist schwer umzubringen. War's ein Mausbock, ist er mausetot. – – Und nun du, Unechter!

SOHN Dreh' mir den Hals auch um, wenn ich nicht bin, der ich sein will – – Prob's!

Er stürzt sich auf ihn.
ALB *greift ihn an der Gurgel, drängt ihn zurück aufs Lager.*
SOHN *sinkt ohnmächtig nieder.*

Man hört Geräusch.

ALB *blickt sich um, sieht* KULE *im Schlaf liegen, lässt vom* SOHN *und schleicht zu ihm – – wieder Geräusch, der* ALB *verschwindet, und die Tür bleibt offen stehen.*

MUTTER *langsam herein* Ob er wirklich rief, oder ob's mein Traum tat? *Tritt an sein Lager* Du Verschwender, schläfst wie ein Halbtoter, Schlaf hast du wie Blut, gibst ihn aus, wie du dein Blut vertun möchtest. Ja, sieh', die Hand ist heiss, das Blut ist empört, das nicht vergossen wurde. Armer Überfluss, du wirst Mangel lernen – – die Hand ist zu heiss. *Sie greift an ihre Stirn.* Sein Blut rast, es will sich vergiessen, wäre niemand, der ihm dazu verhilft? Es möchte für die nächste Zeit sein Rasen lassen.

STEISSBART *seufzt wiedererwachend.*

MUTTER Du? Schon wach im Nebelreich? *Fühlt wieder die Hand* Nur wenig das Tuch gelockert, und für morgen und länger wäre das Rösslein ein toter Leib für dich. Deine Hand könnte seiner Lebendigkeit keinen Zügel geben. *Zu sich* Wagst nicht, dem Ungestüm des Blutes zu Hilfe zu kommen, wagst es nicht – – und kannst auf drei Tage das Rösslein erschlagen?

BESENBEIN *steht plötzlich da und blickt jammervoll umher.*

MUTTER Was siehst du mich an, Besenbein? Troll' dich!

BESENBEIN *schüttelt den Kopf und winkt ab.*

MUTTER *jagt ihn fort, fasst wieder die Hand* Zu heiss, zu heiss, wir müssen's kühlen, mag Besenbein dazu lachen oder weinen.

Es wird kaum merklich heller.

MUTTER Ja, die Morgenstunde, man muss eilen. Und diese Morgenstunde ist ein leibliches Ross mit vier Hufen, schnobert und wittert schon die Sonne. Die Morgenstunde ist er-

wacht, und mein Sohn wird ihren Rücken besteigen. Aber ich bin vor ihr auf den Beinen! Ein bisschen heisses Blut fliessen lassen, und diese ganze Morgenstunde ertrinkt darin. *Sie geht und schaut einen Augenblick hinaus.* Ob ich den Mut hätte, die Sonne wie einen Topf zu Scherben zu schlagen? *Sie stösst beim Zurückgehen an das am Abend zu Boden gefallene Messer und hebt es auf.* Oder erstechen? Es wäre leichter, als sein Tuch zu lockern, viel leichter wär's. *Schaudert* Ich kann sein Blut nicht zum Fliessen bringen. Das scharfe Ding hier ist keine Mutter. – – Eher könnte ich fremdes Blut spritzen und dampfen sehen – – ach, einen Strom fremdes Blut, ein Meer fremdes Blut. Mein Herz klopft – – sei ruhig, dummes Ding, ich tu' es nicht, hörst du? Sein Blut nicht, das meine ich, nicht seins. Aber das der Morgenstunde, der schnaubenden mit vier Hufen? Hab' ich's nicht schon einmal in Gedanken getan? *Sie besieht das Messer.* Könntest du das, das Ross? Ich könnte es – – ich bin nicht seine Mutter.

STEISSBART *lässt sich wieder verlauten.*

MUTTER Er tut's der Morgenstunde gleich, er wacht sich dem Sonnenlicht zu. Du – – du mahnst wie kein anderer. O, auch ich, wo es nottut, habe Ueberfluss an Blut; du da im Nebelreich machst, dass ich daran denke. Was willst du wieder, mein Herz? Sei ruhig, dummes Ding, ich tue es ja, ich gehe schon. Willst ihr ins Handwerk pfuschen, der Gelegenheit, die steht hier an meiner Seite, tausend Hände hat sie und winkt und winkt. Tausend Hände winken mir zu, als schrien sie: wir winken einmal und niemals wieder.

Sie geht zur Tür hinaus.

Dritter Akt

Kurz nach dem Schlusse der letzten Szene. KULE *und* SOHN *liegen regungslos im Schlafe. Die* MUTTER *tritt langsam von draussen herein, das Messer in der Hand, und steht in der Mitte zwischen beiden still.* BESENBEIN, *raschelnd, lauert an der Tür, sie dreht sich um, da macht er eine Gebärde des Entsetzens, der schwersten Beängstigung. Sie beobachtet ihn, er tritt näher und weist zur Tür hinaus, ringt die Hände, raschelt zur Tür, schaut hinaus und dreht sich um mit Verzweiflungsgebärde.*

MUTTER *für sich* Warum verzweifelst du? Es war nicht deine Tat! Meine! Ich versenke sie in einen Brunnen, und deine Grimassen kann ich dabei nicht brauchen, meine Grimasse wird sein wie ein tiefes Wasserloch, in das vor tausend Jahren ein Stein fiel.

BESENBEIN *deutet hinaus.*

MUTTER Ja, ja, die Tat ist noch nicht zu Ende gebracht, willst du das sagen? Sein Leib liegt noch da – –.

BESENBEIN *nähert sich dem* SOHN *und deutet an: er wird ihn wecken und ihm alles zeigen.*

MUTTER *auffahrend, nach einigem Ansetzen* Wecke ihn, tu's gleich, ich will Lärm schlagen helfen. Dich, dich, dich hab' ich alles tun sehen. Wer sonst als du kann der Mordbube gewesen sein? Zu, zu!

BESENBEIN *weicht zurück.*

MUTTER Warst du es vielleicht nicht? Sieh', wie deine Gebärden dich verraten, du hast schon Angst, dass er erwacht; ich brauche kein Wort dazu, ich brauche nur einen Finger auf dich zu halten und niemand darf zweifeln. *Sie zeigt auf ihn,* BESENBEIN *schaudert.* Lauf doch, Schnellfuss, über den Berg und flieh', morgen früh, wenn er erwacht und hinausschaut – – sieht er das Ross tot, holt er dich mit drei Sprüngen ein – mit drei Sprüngen!

BESENBEIN *ringt die Hände.*

MUTTER Bist du nicht durchs fliessende Blut geschlurft, es klebt an deinen Beinen und Besen. Du wirst eine deutliche Schrift in den Sand schreiben, dass jeder lesen kann: Besenbein war es. Keiner sonst kann es gewesen sein.

BESENBEIN *in der Tür.*

MUTTER Siehst du, wohin es führt, wenn man gegen seine Herrin aufbegehrt. Knechte haben mit Fleiss zu gehorchen, du hast deinen Teil.

BESENBEIN *zeigt Gebärden der Ergebung und Reue.*

MUTTER Was fürchtest du dich, Dummkopf? Wird nicht dein gewandtes Wort, deine raschläufige Zunge, dein Schild in aller Gefahr sein? Mach' dich selbstrednerisch vom Verdacht frei, verlass dich auf deine Maulfertigkeit, du – wenn er einen Stein fasst, deinen Schädel zu zerschmettern, ehe er ihn aufhebt, hast du deine Eide zurechtgeschworen.

BESENBEIN *deutet mit kläglicher Gebärde auf seinen Mund.*

MUTTER Na, sieh' zu, ich will schlafen gehn, mich verlangt nach Ruhe und leichtem süssen Schlummer. *Wendet sich*

BESENBEIN *sinkt nieder.*

MUTTER *drohend* Willst du es noch einmal wagen, noch einmal den madigen Wurm, deinen Willen, ans Tageslicht lassen?

BESENBEIN *völlig gebrochen, überwunden*

MUTTER So hör'!

BESENBEIN *neu belebt, richtet sich auf.*

MUTTER Gleich das Tier herein!

BESENBEIN *entsetzt, winkt ab.*

MUTTER Willst nicht?

BESENBEIN *bekehrt sich, schlurft langsam hinaus.*

MUTTER *an der Tür ihm nach* Aber lass dich nicht ertappen, wenn sie erwachen und dich darüber finden, wärst du schnell so still wie das Tier. *Sie stellt sich abseits ins Dunkel, zufrieden.* Sein Grab ist bereit, der Keller hatte längst Lust jemand zu begraben.

BESENBEIN *mit Riesenkraft schleift das tote Pferd herein, leise, oft unterbrechend, kaum leises Scharren verursachend. Es liegt auf dem Rücken, die vier Beine zusammengebogen.*

MUTTER Halt! Du wirst danach um eine Ausflucht verlegen sein, wenn es dem Keller nicht anstehen sollte, das Geheimnis bei sich zu behalten. Vielleicht will er dein Helfershelfer nicht werden. Zwar gibt es Nager und Wühler da unten, wie es zu einem rechten Grabe gehört. Aber dennoch, eine Ausflucht könnte dir gut tun! Flucht, Besenbein, schnelle Flucht! BESENBEIN *horcht auf.* Da die Hufe, vier sinds – –, wenn du die Besen drangibst, du würdest dem fliehenden Sturmwind Angst machen, man könnte ihn erwischen.

BESENBEIN *bemächtigt sich der Hufe.*

MUTTER Vorsicht, Besenbein; das Blut an den Füssen, das zeugende Blut bist du los, aber blutige Hände zeugen lauter, sie schreien, statt zu schreiben.

STEISSBART *röchelt im Rauch.*
BESENBEIN *beeilt sich.*

MUTTER Alle vier, Besenbein, du wirst auf steinigen Bergen die weichen Rosshufe schnell verschleissen. Nun hinab mit ihm! Die Zeit hatte Zeit zu graben, wir nicht.

Man hört schweres Hinabsinken, immer tiefer. Sie stehen und horchen. Während die MUTTER *lauscht, macht sich* BESENBEIN *davon. Man hört, nachdem er leise und vorsichtig hinausgeschlichen ist, sein schnelles Davonsprengen draussen.*

MUTTER *lacht leise, lästernd* Du! Sender des munteren Herzhorns, sollten nicht diese vier Hufe deinen Sohn davontragen? Warte nur, er kommt schon! Mag er Besenbein aufnehmen und seinen Vaterstolz an ihm mästen. Ich gönne ihm seine Freude, er wird mir danken für gute Hilfe – – *Übermütig* Musst es geschehen lassen, dass deine Beschlüsse über dich spotten, hast du den Anfang beliebt, habe ich mich des Endes angenommen. Jeder mag seines Teils froh werden. *Sie tritt an den* SOHN *heran, er lacht leise im Traum.* Lachst du auch? Sollte er noch immer vom Reiten träumen? Weh mir, wenn du vom Reiten träumst! *Sie sinkt zu Boden.*

Vierter Akt

Fahler Morgendämmer, kaum scheint es Tag zu sein. Das Holz am Herd, das gestern ungespalten blieb, liegt zum Gebrauch geschichtet. Die MUTTER *kommt von oben die Treppe herunter, eilig, ängstlich. Sie erschrickt über einen Flecken am Boden und begibt sich eilig daran, ihn fortzureiben. Es gibt, wie sie scheuert, ein den Schlurfschritten Besenbeins ähnliches Geräusch.*

KULE *erwachend* Ja, der Tag ist noch fern, Besenbein schafft, es muss Nacht sein; bleibe bei mir und leih mir deine Augen, Schlaf!

MUTTER *verhält sich regungslos und wartet, bis er wieder schläft. Atmet auf und müht sich weiter. Während sie prüfend über das Ganze schaut, streift ihr Blick den Herd. Sie entsetzt sich, schreit fast.* Wer hat schon Holz gespalten?

SOHN *erwacht lachend, erhebt sich schnell, legt die Hände auf ihre Schultern* Mütterchen!

MUTTER *unruhig* Der Morgen scheint's hat ein grosses Kunststück gemacht: dich zum gnädigen Herrn Sohn, mich zum Mütterchen. Die Nacht wusste nur noch von Mutter und Sohn.

SOHN *übermütig* O, ihr beiden Blinden! Du und – – *Sieht sich um* er!

MUTTER *mühsam* Was du sagst! Warst du schon vor mir wach, könntest du über meine Taubheit spotten, weil ich dein Holzsplittern nicht vernahm, aber nicht über meine Blindheit.

SOHN Ja, ja, du stehst und lässt deine Augenbrauen hüpfen und einen Schwarm Stirnfalten aufjagen und fragst: Wer hat schon Holz gespalten? *Zeigt mit dem Finger* Siehst ihn nicht stehen – – und er putzt noch das Messer und kann es nicht blank kriegen.

MUTTER Steissbart? Er hing doch im Rauch, sollte er nicht hängen bleiben?

SOHN *zu* STEISSBART Wie kommt das?

STEISSBART *gibt unverständliche Laute.*

SOHN Ich weiss schon, es hat seine Richtigkeit. -- Er hat wie ein Kater gemaust -- er! Hatte dich bei der Kehle, so war's? -- Umgedreht? Den Kopf -- ja? Zweimal? Dreimal? Dreimal den Kopf umgedreht? Nur gut, dass es Steissbart geschah, wir andern hätten mehr zurückbehalten als das bisschen Heiserkeit --.

MUTTER Aber er hing doch in der Rauchkammer.

SOHN Ei, der, der Kater Alb hat an dem Strick gezerrt, an dem die Speckseite Steissbart hing! *Zu* STEISSBART Und da hast du dich über Nacht herausgezogen -- ja? Hast dich brav gehalten! Dreimal das Genick um und nur eine schwere Zunge -- nun, das geht auch vorüber! So, Mutter, nun weisst du wohl, wer so früh dein Holz gespalten hat.

MUTTER Ich weiss, ja, ich begreif's schneller, als du mir zutraust. -- Sehr schnell -- also seine Zunge ist lahm?

SOHN Auf ein Stündchen oder zwei, ja, Steissbart? Na, ja, siehst du! -- Er macht schon wieder Gesichter, als wollte er einen Kloss herausreden, der ihm auf dem Gewissen liegt.

MUTTER Reden muss er können, seine Augen sind schlimm, sehen und werden nicht gesehen, aber seine Stimme konnte man noch anrufen, lass ihn noch hängen, bis er sie wieder hat.

SOHN Könntest du ihn nur sehen! Sein Hals ist dreimal zu lang und sein Kopf hängt daran, wie eine schwere Blume am Stengel.

MUTTER Er könnte selbst rufen, wenn es Zeit ist.

SOHN *verdriesslich* Unser Steissbart? Gut, er hat sich vergangen, aber das war gestern, denkst du noch daran?

MUTTER Er ist mir lästig, seine Dienstbarkeit, wenn ich sie rufe, befragt lange ihr mürrisches Belieben um Rat, und seine ungerufene Dienstbarkeit – gib mir das Messer, Wicht. *Greift zu*

SOHN *hält sie ab* Er schabt ja eifrig daran, es scheint noch dunkel von meinem Blut.

MUTTER *ungestüm* Gerade! *Dabei rührt sie am Verbande der*

wunden Hand, er zuckt einen Augenblick vor Schmerz, sie weicht zurück.

MUTTER Hab' ich dir Schmerz gemacht? Deine arme Hand – – doch, doch, ich sah dich zucken, komm', wir wollen das Übel mit guten Blicken salben.

SOHN *hält die Hand zurück* Mutter, wie sonderbar das tat, weil du es warst. Denk' nicht, dass es schlimm war, so schnell ist es vergangen, so fern ist es, als wär's ein fremdes Tier, dem es geschah, und ich wäre gar nicht dabei gestanden – – ja, es war sonderbar, du stiessest mich, ganz leicht nur, aber dass du es warst!

MUTTER Das verdross dich?

SOHN Ach, Mutter – – verdross, es verdriesst mich, dass du sagst »verdross«.

MUTTER Es tut noch weh, ich seh' ja, wie du es verbeisst. Komm' doch, wir wollen das Tüchlein neulegen.

SOHN *schüttelt den Kopf* Lass, Mutter, es ist schon gut, ich verbiss mir einen Gedanken, ja, den verbiss ich mir, das hast du richtig gesehen.

MUTTER Welchen?

SOHN *winkt ab, verdriesslich, endlich* Ja, Mutter, ich spürte dahinten im Tiefsten: von dir, von meiner Mutter, möchte ich keinen wirklichen Schmerz ertragen. Müsste ich von dir ein Unrecht leiden, wolltest du mir ein Leid antun – – ich weiss nicht, ich müsste ganz anders leiden *Fast drohend* als von andern, nein, ich würde es einfach nicht leiden können *Winkt wieder ab* Aber, Mutter, den Steissbart hat der Alb geschunden wie uns alle diese Nacht, schone ihn, wie du mich schonen würdest.

MUTTER Der Alb? *Hastig* ja, der mag's gewesen sein, der in der Nacht so gewütet hat, dass man's durch den Schlaf spürte; davon ist mir was in den Gedanken stecken geblieben. Besenbein, der in der Nacht umgeht, mag er nicht weniger als Steissbart zugesetzt haben. Was beunruhigt dich?

SOHN Nicht Besenbein, Mutter, für Besenbein trag' ich keine Sorge – – aber – – *Geht hinaus*

Mutter *mit schlecht gelungener Gleichgültigkeit Feuer machend am Herd*
Steissbart *räuspert sich, noch wie halb erstickt.*
Mutter *wirft einen Blick dahin, wo* Steissbart *stehen kann, als mässen sie sich mit den Augen, aber endlich muss sie den Blick niederschlagen.*
Pause

Sohn *die Tür aufreissend* Mutter!
Mutter Es wird gleich brennen, das Holz war trocken und ganz fein gespalten.
Sohn *empört* Mutter!
Mutter *unfähig, ihn anzusehen* Wecke unsern Gast, Sohn, es schickt sich nicht, zum Frühstück zu schlafen.

Sohn *rüttelt* Kule *wach.*

Kule Gut, dass du aus alter Freundschaft wiederkommst, guter Alb, ich hatte vergessen, dich's zu heissen. O, wie träumte ich schwer – – den jungen Göttersohn sah ich stehen, mitten zwischen den andern, den glänzenden Bildern – –

Sohn *stutzt und hört.*

Kule Er leuchtete wie die andern, die aus der Zukunft in meine Nacht hineinscheinen – –.

Mutter *kommt näher.*

Kule Ja, er stand herrlicher als alle, aber nur kurz, er verlosch, und seine Lücke starrte schwarz wie ein Grab. Stünde er vor mir, meine Blindheit würde sein Bild wie ein Grab malen – – genau wie das andere – – Guter Alb, was ist das, deine Hand zittert – – O, der bist du nicht, was seid ihr für Hände? Der Alb hat andere Greifer.
Mutter Wiederkommen hast du ihn geheissen? Nicht ihm geflucht?

Sohn *lässt* Kule *los.*

Kule Also ist er fort. Unwiedergerufen ist er von mir gegangen. O, der Armen, der Menschen! Freund Quäler, wie quälst du mich mit solcher Freundschaft.

MUTTER *angelegentlich, während der* SOHN *zurückweicht* Fluche hinter ihm drein, fürchte dich nicht, hinter ihn einen Fluch, wie einen bellenden Hund zu schicken. Fluche ihn zurück!

KULE Jetzt gibt es andere Erleider, da ich so lange der einzige war. Doch wo ist dein Sohn? Wer war's, der mich schüttelte?

MUTTER *hastig* Doch, sende einen Fluch hinterher, er muss wiederkommen, er muss.

KULE Muss?

MUTTER Muss verantworten, nicht, Junge? Er hat eine schreckliche Stimme gegen sich klagen, alles, alles schreit über ihn.

SOHN Das Ross ist fort. Diesen Morgen ist es nicht mehr zu sehen.

KULE »Morgen« sagt ihr? Es ist Nacht.

MUTTER Weil du blind bist, siehst du kein Licht, aber unsere Worte müssen dir statt der Sonnenstrahlen den Tag melden. Der Morgen wächst, und kein Ross könnte sich vor ihm verbergen. Der Tag steht auf den Bergen und spreizt seine Füsse zum Schritt ins Tal.

KULE Nicht mein Auge, mein Herz spürt die Liebe der Sonne, es ist kein Morgen, – scheint die Sonne?

SOHN *sieht zur Tür hinaus* Die Sonne steht überm Berg, der Himmel ist hell, aber sie hat ihr Angesicht von der Erde abgewandt. *Entsetzt* Die Sonne schaut finster zur Seite, sie will mich nicht sehen!

KULE *leise* Und sein Ross ist fort?

MUTTER Als er zur Tür hinaustrat, fand er es nicht.

KULE Ist es vielleicht in den Kammern der Berge verborgen? Ruft nur und lockt es.

MUTTER *leise* Nicht, nicht, auch nicht in den Kammern des Berges, es hört kein Rufen mehr, lass ihn nicht rufen, er soll nicht rufen, man muss denken, der Alb hat es vertrieben.

KULE Der Alb, darum sollte sich die Sonne verfinstern?

Nein, der Alb, der kann keine Schuld auf sich laden. *Vertraulich, dringend* Ist es wohl wirklich Tag?

MUTTER *ausweichend* Nur ein Knäblein, in Wahrheit, das die Nacht gebar, ein Neugeborenes ohne Licht und Bewusstsein.

SOHN *an der Tür* Ein toter Tag, ein Schreckgespenst für eines Schuldigen Seele.

MUTTER Er steht betroffen wie ein Ertappter, er, mein Sohn.

KULE Und zerreisst seine Seele wie ein Schuldbetroffener.

MUTTER Und zerreisst meine Seele mit seinen Klagen.

SOHN *an der Tür* Die Nachtschrecken konnten nicht alle Hoffnungen töten, aber nun kommen Häscher und werfen Schlingen nach ihnen in ihren Verstecken.

MUTTER *dringend* Tröste ihn!

KULE *tastend* Mit Hoffnung?

MUTTER Könnte ich das wünschen? Hörst du nicht, was zwischen meinen Worten flüstert? Wie kannst du Hoffnungen bringen, die sterben müssen!

KULE Müssen sterben – – die Hoffnungen?

MUTTER Hilf ihnen, es schnell und leicht überstehen. Hilf ihm, sie zu begraben, – sei barmherzig.

KULE *versuchend* Gewiss höre ich das Flüstern zwischen deinen Worten, aber ist es barmherzig, die du seine Mutter bist, was du verlangst? Ist es vor deiner Mutterliebe sein Bestes, von Grab und Sterben seiner Hoffnungen zu reden?

MUTTER Vom Sterben seiner blinden Wünsche, die sich wie junge Vögel im Nest zu Tode quälen, weil ihnen Eltern zur Aufzucht fehlen.

SOHN *an der Tür* Häscher auf meinen Spuren, wer kann hier sonst büssen sollen als ich?

MUTTER Er glaubt, er sei der Versündigte, ist wie verhext – – er vermisst sich gegen die Welt mit seinen Klagen. Wer anders als du bist schuld, dass er sich antreibt, vor allen dazustehen gegen die Finsternis der Sonne. Er wirft sich auf, wo er zurückstehen müsste und andere vortreten lassen. Dein Werk, dein Werk! Reiss' ihn zurück, mach' ihn wieder klein, dass ihn der Sturz feindlicher Pfeile nicht treffen muss.

KULE Ich schuld?

MUTTER Höre das Geflüsterte, das höre, das verstehe. Versteh recht, tröste ihn.

KULE Womit ich ihn aufrichten soll, das muss ihn nur tiefer stürzen.

MUTTER Auch du vermissest dich, hast du nicht den Alben wiederkommen heissen, statt ihm zu fluchen, hast du nicht gross getan mit den Leiden aller andern, die du über deine häufen wolltest – und willst nicht dieses armen einzigen Leid tragen helfen? Nimm sein Leid auf dich, und meins ist zugleich überwunden.

KULE So wäre es zugleich dein Leid, was ihm geschah?

MUTTER Frage nicht, wessen Schuld, nimms auf dich. Alles auf dein starkes Herz. *Drohend, zeigt nach der Tür* Deine Schuld ist diese Qual, trägst du sie, so ist alles wohlgetan, was geschah.

KULE Ein Unrecht wohlgetan?

MUTTER Wenn du willst, nenn es so oder so, Untat oder sonst, getan ist wohlgetan, denn es soll zum Guten ausschlagen.

KULE Dir oder der Welt?

MUTTER Du! Willst du die Herde deiner Wunderweltgedanken auf unsere Weide treiben? Sei bescheiden, Gast. *Der* SOHN *ist herangetreten.* Da steht der Arme vor dir.

KULE Es geschah eine Freveltat, ein ungeheures Unrecht. Seine verfluchte Wirkung ist in die Welt hinausgedrungen. Der Tag ist totgeblieben vor ihrem Schrecken, und du spottest meiner Gedanken?

SOHN Ja, der Tag hängt tot zwischen Himmel und Erde. Und sie suchen den Täter, und auf mich, mich schiessen sie ihre Brandpfeile. Bin ich denn der Mörder, da sie mich treffen? *Zur* MUTTER Vergib mir, Mutter, ich habe dich mit Abschiedsgedanken gekränkt, aber du musst es ohne meine Reue tun, kannst du es, ohne dass ich mich zerknirsche?

MUTTER Vergeben? Da du nichts bereust, hast du nichts abzubitten, und ich müsste vor Scham vergehen, wollte ich deine Bitte annehmen.

SOHN Du willst mich säubern nach Mutterart; bin ich schon so, muss es wohl so bleiben, und wenn es dich in den Mutterstolz beisst. Ich wette, schlimmer würde dichs schmerzen, stünde ich plötzlich als Kahlkopf vor dir.

MUTTER Bläh' dich nicht auf, Junge, was für Worte!

SOHN Mein Ross ist ins Nichts gerissen, das mich, ich fühl's, aus meinem Tod in mein Leben tragen sollte. Kann es um nichts geschehen sein? Wäre ich Besenbein, ich könnte meine Heldentaten zur Nacht tun und brauchte dem Tag mein Gesicht nicht zu zeigen, denn er würde gar nicht danach ausschauen, Besenbein würde über solche Handstreiche nicht rot werden, aber ich, ich – der Tag hat sich solchen Anblick nicht erwartet –, das war ihm ein Herzeleid und hat ihm die Lust zum Leben verdorben. Ich und meine Aufführung haben ihm zu Tode missfallen. Wer sich beschmutzt, soll im Dunkeln bleiben.

MUTTER Ich sage, bläh' dich nicht auf, ich will deine Mienen nicht sehen! Was du wohl mit der Sonne zu schaffen hast, was sollte wohl der Tag über deine Aufführung ergrimmen! Die gehen ihren Weg – so hin! Was drängst du dich in Gedanken auf ihre Bahnen, sie lachen über dich, lachen, lachen.

SOHN Ein Mörder braucht sich nicht selbst zu richten, bitten wir einen Richter, um Ordnung zu kriegen. *Zu* KULE Richte du! Was kann die Meister tödlicher verdriessen, als wenn sich ein Stümper unter sie mischt? Dabei bleibt es. Ab mit dem Kopf, den ein Zehenrecker hochstreckt. Mutter, klage mit!

MUTTER Du lästerst erst jetzt und nur mit deinen Worten, es erbost mich!

SOHN So hätte ich keinen Mord auf dem Gewissen? Wer denn, Mutter, wer? Wer hat solchen Frevel begangen, dass der Riese Tag darüber starb?

MUTTER Der Riese Tag? Ich lache über solche Riesen, Kinder bringen solche Riesen um, spiel' Junge, spiel'! Nimm einen Stock und reite drauf! hüpf' ums Haus, bring' Riesen um, schlag' Gnomen tot – und dann, wenn du Hunger hast, komm zu mir und iss dich satt.

SOHN *zu* KULE Was sagtest du doch, wie nanntest du mich in der Nacht?

KULE Wie ich dich nannte? Vom Namen wird niemand etwas Rechtes, was verschlägt es, wie man dich nennt, bist du darum ein anderer als du warst?

SOHN Der Name ist ein Hund, der den Lärm zu unseren Schritten macht, das ist richtig, man kann laufen ohne einen Hund an den Fersen. *Ekstatisch* Nein, vom Namen wird niemand etwas, aber jeder ist einer, der kein anderer sein kann; kein anderer, niemand sonst ist der, der ich bin – ich, ich, kein anderer –

MUTTER *schlägt ihn auf die Backe* Damit du lernst, wer du bist, so vernimm dies eine. *Zu* KULE Wenn du mir nicht hilfst, muss ichs nach meiner Einsicht selber tun.

SOHN »Muttersohn«, sagte der Alb, er wusste es. Hiess es nicht einmal – *Zu* KULE sollte es wahr sein, du sagtest doch einmal, dass Götter leiden müssen.

MUTTER Ei was, die Götter selbst scheinen nichts davon zu wissen – ihn muss man fragen, er ist beschlagen. Seine Knochen sind's, die schmerzen vom Wandern, und darum spricht er vom Weh' der Götter, es reisst in seinen Zähnen und darum meint er, Götter tragen Maultücher. Ein Bettelmann!

SOHN Siehst du nicht, dass er glücklich ist? Er ist gut.

MUTTER So kann er bei uns nichts Gutes finden, und wir können ihn in Frieden ziehen lassen. Sein Glück hat unseres nicht vermehrt, sein Dank soll ihn nichts kosten.

SOHN Ziehen lassen – – in den Tag? Da draussen, Mutter, liegt ein grimmiges Geschick auf der Lauer.

KULE *macht Anstalten zu gehen.*

SOHN Lass ihn nicht, verbiet' es ihm, Mutter.

MUTTER Sein eigenes Schicksal lauert auf ihn, unseres nicht. Jeder erleidet sein eigenes selbst. *Zu* KULE Konntest du »nein« rufen, als ich dich schuldig nannte an all unserer Qual? Zweifle nicht, Junge, über ihn ist der Tag finster geworden, er ist ein Frevler.

SOHN Wie kann er schuldig sein, so wenig wie du, Mutter.

STEISSBART *lacht unharmonisch.*

MUTTER Frag' ihn, ob er es wagt, »nein« zu sagen. Frag' ihn.

SOHN *zu* KULE Wenn es wahr wäre, und Mutter triebe dich zu antworten, wie wolltest du Worte finden, wie wolltest du vor mir dastehen?

MUTTER Frag' ihn, ob er »nein« sagen kann.

SOHN So kann ich nicht. Er vermochte nicht, aus Uebelwollen Schmerz zu bereiten. Er hat wohl tiefe Keller in seiner Seele, da wachsen im Dunkeln seine Gedanken.

KULE *zur* MUTTER Sagtest du nicht, mein Dank, wenn ich weiter ziehe, sollte mich nichts kosten? Wie nun, wenn ich dir kostbaren Dank geben könnte?

SOHN Nein, nein, mach' den Abschied nicht ohne Auskunft; Lieber, bleib' nicht im Versteck deiner Taten, mich verlangt, dich zu suchen; lass dich finden.

KULE *zur* MUTTER Vielleicht, dass mein Glück doch deins vermehrte!

MUTTER *verwirrt und gespannt* Ja, könntest du mit einem Dank Segen schaffen, solchen Dank, wie du allein geben könntest, würde ich demütig empfangen.

SOHN Lass Dank dahinten! Was Dank! Wie kann ich glauben, wenn du, du den Menschen ein Leid schaffst, dass es Leid bleibt. Muss sich nicht zum Guten wenden, was du Böses schaffst? Nein, sage mir, ob ich durch dich den Verlust Herzhorns erleide?

KULE *nickt* Ich trage schwer daran -- *Zur* MUTTER hörst du, Frau, ich trage schwer daran.

MUTTER *mit Erleichterung, sieht freudig auf ihren* SOHN.

Sohn *tritt verständnislos zurück.*

MUTTER *zu* KULE Alles Schwere wird bei dir am Seelenfeuer leicht und rein geglüht. Was du Schweres trägst -- lasten wird nichts auf dir. Du baust dir aus Lasten ein Dach, die andere begraben würden. Segen einer Mutter ist dein Begleiter.

KULE So gib mir den Stab in die Hand, er weiss, wohin es geht.

MUTTER *will ihm den Stab geben.*

SOHN *tritt dazwischen* Wie, Mutter, du segnest ihn? Hast du nicht gesehen, zu welcher Frage er genickt hat? Soll ich ihn noch einmal nicken heissen?

MUTTER Du weisst, wie gut er ist.

SOHN Aber ich bin elend. Du solltest fluchen; hat er dir zu Willen gehandelt, dass du ihm mit Segen lohnst?

MUTTER Fluchen soll ich? Und mir liegt noch im Ohr der Preis seiner Güte – –.

SOHN Vergiss nicht, was ich sagte, es ist nichts gelogen. Es ist nur gesäuselt, es müsste gestürmt sein.

MUTTER Und doch wünschtest du, dass ich ihm fluchte?

SOHN Sagte ich »wünschen«? Nein, nicht wünschen. Aber, Mutter, ich hörte, wie du ihn segnetest, dein Segen über ihn macht mein Blut erstarren – ich bin dein Sohn und du segnest ihn. *Ausser sich* Nein, du kannst ihn nicht segnen, du musst ihm fluchen, seine Tat musst du verfluchen.

MUTTER Seine Tat?

SOHN Die Tat, zu der er nickte, musst du verfluchen, deine Seele muss seine Tat ausspeien auf ihn!

MUTTER O, wie dein Zorn dich hässlich überflutet!

SOHN Ja, ja, welch ein Sohn, der sich nicht einmal für eine Ohrfeige bei seiner Mutter bedankt. Aber man kann es nachholen, hab' Dank, Mutter, du hast mich recht gestraft – – aber nun, Mutter – – wie?

MUTTER Was soll ich sagen!

SOHN O, das gute Kind hat seine Puppe verloren, und redet sich ein, der dumme Junge, es war seine Braut, die ihm gestohlen ist. Müsstest du nicht wünschen dem, der die Tat getan, er hätte von seinem Fleisch und Bein, wie du, einen Sohn, und er müsste selbst, er selbst – seine Hand rühren, den eigenen Sohn zu verstümmeln und vor eigenen Augen von seiner eigenen Hand leiden zu sehen durch eigene Schuld? Das wäre geflucht, Mutter, und wenn du es nicht tust – –

MUTTER *tritt zurück in schrecklicher Erwartung, dann sich tröstend* Nein, nein, seine Worte würden zu Scherben werden, die sanfte Luft würde eher eine Keule zur Welt bringen und sie zerschlagen, als solche Worte Klang werden lassen.

SOHN Ist nicht Steissbart mein Bruder?

MUTTER Was soll Steissbart hier? Du fragst nach einem Unding.

SOHN Denkst du, ich seh' es nicht, dass du ihn mit Schritten und Tritten verfolgst? Wer kann Steissbart sein, dass er, wenn er nicht zu uns gehört, bei uns seinen Ort hat? Ist er nicht meines Bluts?

MUTTER Ein Knecht, ein niederer Knecht, ein Gnom.

SOHN Aber er redet anders, seufzt zuzeiten halbe Sprüche, dreht in seinem Mund zerbissene und zerkaute Kunden, die er wohl einmal ausspeit. Nein, ein Knecht, wie man sie verjagen kann, ist er nicht, sonst hättest du ihn längst fortgetan.

MUTTER Es hat seine Bewandtnis, – was soll das hier?

SOHN Ja, was soll das hier, ich weiss es nicht. *Stutzt* Mich wundert's selbst, warum ich danach fragte. »Ist er nicht ein verdorbenes Stück Ich« musste ich denken, als ich ihn so stehen und horchen sah. Aber was soll das hier! Was hat deine Bewandtnis hier zu suchen, Steissbart, willst du meinen Fluch mitfluchen? Er nickt, Mutter, er möchte von Herzen gern, aber seine Zunge kann es nicht.

MUTTER Dass dieser unsichtbare Gnom mir entsprungen wäre, ist ein Spass zu sagen. Wenn es schon keine Schande ist für mich, da es nicht geschah, so beliebt es doch meinem Sohn, sie an mir zu denken.

SOHN Lass es gut sein, Mutter, er ist ein Wichtchen, wollen ihn im Dunkeln stehen lassen. Er soll dir keine Schande machen; dein Sohn wird ihn nicht Bruder heissen. Aber was könnte dein Sohn dir noch für Ehre machen? Wie soll es damit werden, da ich so zuschanden bin? Soll ich noch als Sohn gelten? *Ueberwältigt* Und kann wie ein Knecht, wie ein erbärmlicher Gnom froh sein, hier im Dunkeln – hier in der Enge klein und kleiner zu werden. *Zeigt mit der flachen*

Hand Steissbarts Größe an Mutter, das wird mich noch zum Steissbart machen, es wird dir keine Ehre machen, wenn dein Sohn zum Gnomen zusammenschrumpft – – und du – – ihn siehst du ja nicht, aber mich siehst du dann, ich werde vor deinen Augen wie ein Wichtelchen sein. Ich werde mich von Steissbarts Art und Bewandtnis fühlen lernen, verknorpeln und wie unterirdisches Wurzelwerk verstocken.

MUTTER Sei getrost. Hoher Art bist du, dein Blut und Steissbarts schaffen keine gleichen Gestalten – – Gnomengelichter unverwandt bist du.

SOHN Eine sonderbare Art, die hohe Art, der ich verwandt bin. Eine Art Gelichter, das nach Gnomen tritt und Mörder segnet. Was wolltest du sagen, wenn ich den segnete, der mich verdürbe?

MUTTER Der dich verdürbe?

SOHN Denke! Meinen Töter, meinen Verderber, den, der mich zerschmisse, weil ich im Schatten seiner Laune stand? Der seinen Stein mit meinem Blute rötete und hinginge und sich an seiner Frau Tisch zum Mittagsmahl setzte.

MUTTER Den segnen, wie könntest du das?

SOHN Ich könnte meinen Geist zur Nacht spazieren lassen, pfeifen und singen: »Mir ist wohler nachher wie vorher, er sei gelobt für sein Tun.« Das könnte ich.

MUTTER Dich würden meine Tränen erschrecken, und du würdest mit nichten tanzen und pfeifen, sondern wünschen, ins Leben zu kehren. Denkst du nicht an mein Glück?

SOHN Sieh' an!

MUTTER Mein Glück!

SOHN Aber denke, es wäre mein Unglück, denke, wenn ich im ruhigen Leben bliebe, es würde faul und stinkend und verriete die Schmach seines Daseins an jedermanns Nase? So müsste ich doch den segnen, der mir's raubte. Du auch! Segen der Mörderhand!

MUTTER Ich fluche ihr – ja das!

SOHN Und du segnest die Hand, die mein Glück schlug? Soll ich denken, mein Glückstod sei dein Glücksleben?

MUTTER Nicht seine Hand segnete ich, ich segnete, dass er nicht elend erliege, seinen schweren Weg. Denke, was er zu tragen hat, das Allerschwerste liegt auf seiner Seele, seinem Herzen.

SOHN So segne sein Herz in der Stille, aber fluche laut der Mörderhand.

MUTTER Wer darf hier von Mörderhand sprechen?

SOHN Mein Schicksal war meine Braut, die meine Braut verdarb, war eine Mörderhand.

KULE *langt tastend mit seinen Händen nach seinem Stabe.*

SOHN Sieh', sieh', da ist sie!

MUTTER O, du hast eine Mutter!

SOHN Man möchte kaum glauben, dass so eine Mörderhand aussieht, man müsste andere Hände ansehen und würde kaum Unterschiede finden. *Sieht nach seiner* MUTTER *Händen, sie reisst sie hinter sich* Man könnte zu ihnen sagen: wisst ihr nicht, dass ihr ausseht wie Mörderhände? *Er sieht seine eigenen Hände an* Bedenkt, was ihr vielleicht noch einmal tun müsst: du und du! *Zu der verbundenen Hand* Müsstest du einst morden, es wäre besser, du wärest vom Arm getrennt. Nehmt euch in acht voreinander, du Rechts, dass Links dich nicht im Schlaf überfällt, wenn ein scharfes Ding handgerecht liegt. So handgerechte Messer machen aus Handbrüdern Brudermörder. Sieh', Mutter, diese beiden, sind sie nicht zwei Werkzeuge am gleichen Leibe? Und doch hat Links seinen Schnitt von Rechts, so etwas konnte vorkommen, aber freilich, Rechts tat es aus Achtlosigkeit, wer möchte ihm nachreden, er hätte das Messer ergriffen mit dem Argsinn, geheim und ohne Auffallen Links zu erstechen. Ebensogut könnten deine Mutterhände irgendwo ein Messer finden und einen Stoss nach mir tun.

STEISSBART *meckert höhnisch.*

SOHN Ja, Mutter, du hast deine Hände unendlich für mich

gerührt, könntest du ein Messer ergreifen zu meinem Schaden?

STEISSBART *wie oben*

SOHN Du hast recht, Mutter, er ist niederer Art, ein hämischer Bursch ist es, der Steissbart. Nein, er gehört nicht zu uns. Er hat ein paar gefährlich geschickte Hände, man muss Verdacht haben, dass er sie mit Blut besudelt hat – und man sieht nicht einmal, dass sie rot sind. Es ist ein böses Ding, Schuldhände ohne Schuldfarbe, eine Lüge ist es, solche Hände dürften mir nicht unter Augen bleiben, abhacken müsste man sie, sie sollten auf dem Misthaufen faulen und von Ratten gefressen werden. Ich hasse diese Art Lügen, besser eine abgehackte Hand als eine ungefärbte Schuldhand. Nie soll so etwas in unserm Hause bleiben! Mach' deine Hand auf, Steissbart, vielleicht ist sie drinnen rot. So, rissig und unheimlich boshaft, wäre sie rot, so wüsste man doch, dass etwas nicht lange her ist, was blutig vor sich ging; aber nein, sie sind wahrhaftig rein wie deine Hände, Mutter.

MUTTER *schlägt die Hände vors Gesicht.*

SOHN Was kränkt dich, Mutter, kränkt dich etwas?
MUTTER Ein Schmerz, Junge, wie ein Stoss.
SOHN In die Augen?

MUTTER *schüttelt den Kopf.*

SOHN Sieh' mich an, zeig' mir, wo es war.

MUTTER *wendet sich ab.*

SOHN Schmerzt es noch immer? Nimm die Hände herunter.
MUTTER Nur einen Augenblick, es muss ertragen sein.

STEISSBART *lacht.*

SOHN Kannst du wieder lachen, dann spar' es, bis du Grund findest. Lachen ohne Grund ist auch eine Art Lüge.

STEISSBART *lacht laut.*

SOHN Oho, du Lümmel, lachst aus vollem Halse? Es scheint dich zu kitzeln, wenn man ihn dir ein paarmal umdreht. Ich werde dich erst lachen machen, wenn das so leicht ist.

KULE *hat unterdes am Stab gestanden, er will jetzt gehen, aber der Stab hält ihn an seinem Ort fest.*

MUTTER *nimmt die Hände vom Gesicht, lachend* Zu strenge, Junge! Sieh', ich lache und hätte fast keinen Grund dazu. Steissbarts Lachen hat mir wohlgetan, erst wollte mir schaudern, aber als ich dachte, es wäre Beben, spürte ich, – nein, es war Lachen. Und ich überlache ihn laut, er kann nicht gegen mich ankommen.

Sie erblicken KULES *vergeblichen Versuch, am Stab zu gehen.*

MUTTER Sieh' ihn doch an!

KULE *zum Stab* Ohne dich wüsste ich nicht wohin. *Zu den andern* Seid nachsichtig mit mir. Mein Führer ist vom langen Wandern lahm geworden. Mein Stab bedarf vielleicht selbst eines Stabes, seine Brüder – vor Zeiten – vergingen wie Wind in meinen Händen, nun steht er allein in der Welt.

SOHN Mutter, nicht lachen. Steissbart, halt' an dich! Grund wäre, aber – pst!

KULE *ratlos* Nur hinaus, an einen Ort, wo es einsam ist. Weisst du die Höhle des Alben? Aber nein, wie kann es einen solchen Ort geben – und du – du bist an deinem Ziel *Lässt den Stab fallen* Und ich dachte, seitdem ich dich ergriffen, wir hätten das gleiche. *Streckt seine Hand aus* Wer mag mir einen Dienst leisten, den der Stab versagt? Nur hinaus zur Tür und mich richten, dass eins meiner Ohren einem Schall verbunden ist, dem Rauschen eines Wassers, so kann ich mich hüten zurückzukommen.

Sehen ihn an

SOHN *ergreift den Stab* Das Einbein hat wohl seine verborgenen Tugenden und besteht, wo Vierbein vergeht. *Lässt ihn sogleich wieder fallen* Mutter, sein Ross ist auch tot. Es erkältet mir das Mark mit seiner Leblosigkeit, die greift und packt und hält. Wem das Schicksal dies Ross sandte, der hat seinen Ort. *Zu* KULE Ich sah schaudernd den Alben neben dir stehen und doch behielt deine Stimme ihren ahnungslosen Klang, wo sie hätte, seiner Nähe bewusst, wie ein überfallenes Waldtier stürzen und entatmen müssen – nein, deine Augen lügen nicht ihre Blindheit *Fasst seine Hand* Komm', dich muss man führen. *Lässt sie wieder los* Mutter, seine Hand ist tot wie sein Stab, wohin kann man einen Toten führen? Und mit dieser Totenhand hätte er – wie können solche Hände solche Taten vollbringen!

KULE Jahre, Jahre, Jahre! Mein Stab lebte vom Drang seines Ziels, meine Hand starb vom Verzichten.

SOHN *betrachtet den Stab* Wäre mir der als Lebendiger gegeben, ob ich wohl hoffen könnte, das Vierbein zu verschmerzen?

MUTTER *zeigt auf* KULE Sieh', die Ernte von vielen Jahren trägt er bei sich. Weiss man denn, für wen man erntet? Hat ihm nicht das Schicksal den Führer gesandt, hat ihn sein Führer nicht zu dir in die Hütte gebracht? Die Welt trägt er in sich, Vergangenheit und Zukunft – und du stehst vor ihm, willst seine Hand ergreifen und ihn hinausführen?

SOHN Eine Blindenhand kann ich freilich nicht hinausführen, aber eine tote Hand kann ich nicht festhalten.

KULE *streckt die Hand nach der* MUTTER Dann sei du mein Stab, bis der Talweg meine Füsse auf seinem Rücken fühlt. Er wird mildtätig sein und mich weitertragen.

SOHN *ergreift wieder seine Hand* Komm', ich will dich ans Ziel bringen. *Führt ihn zur Bank* So weit war's, und alle Schritte, die dir übrig blieben, sind getan. Hier bist du nun! *Er steht vor ihm, verliert dann plötzlich seine Haltung und zieht sich linkisch, wie abgestossen, zurück.*

KULE *zaudert einen Augenblick, erhebt sich dann und tastet die Wände entlang.*

MUTTER *mit einem Beifall suchenden Blick zum* SOHN, *tritt ihm entgegen und fasst seine Hand* Du gehst fehl, Alter, hier ist's. *Bringt ihn zur Bank zurück*

KULE *macht die Hand los und tastet wieder nach der Tür, die* MUTTER *vertritt ihm den Weg.* Alles bekommt seine Gestalt, und immer, wenn man dachte, sie wäre durch Unglück und Frevel missraten – – so war doch endlich alles gelungen. Alles Ende muss ja die rechte Gestalt haben. Schicksal lässt sich keinen Finger unterschlagen, greift nicht vorbei und lässt sich nichts entgleiten.

MUTTER Das gibt mir rechten Frieden zu denken. Schicksale sind geschickt, kommen von fern, treten nah, und nie hat ein Mensch ihnen den Weg vertreten können. Nie hat etwas anders kommen sollen, als es kam. Sieh', wie gut der Führer dich geführt hat – aber nun, da es tot ist, was treibt dich nach der Tür zu tasten?

KULE Hätte alles nicht doch anders kommen können, als es tat? Nein, Gedanken müssen ihr Haus im Menschen suchen – – und solche Gedanken können im Menschen nicht hausen, sie würden ihn zernagen und aushöhlen, er könnte nicht froh und zufrieden sein.

MUTTER So sprichst du doch selbst. *Raunend* Bedenke, auch du musstest kommen, wie konntest du hier fehlen?

KULE Ja, ich musste, das Geschick wusste, wozu ich nicht taugte und was ich verrichten konnte. Alles ist geschehen, wie es musste. Es ist gut.

MUTTER Nun, so lass es gut sein, aber du, willst du das Geschick überlaufen? Hier ist im Hause keine Tür für dich, keine zum Hinausgehen.

KULE *zeigt lächelnd und verstohlen seine Hände* Sieh' doch, sieh' doch, was sagte er noch? Du weisst schon! Wie gut, dass ich kam, aber hier *Zeigt auf den Umkreis des Raumes* gibt es etwas wegzuschaffen, und wie gut, dass ich es tragen kann weit weg, weit weg! *Wendet sich um* Steissbart, alter Gnom Steissbart, greif' nach meinen Händen und leite mich, du musst wissen – –

SOHN *scharf* Sollte wirklich alles gut sein, so wie es gekommen ist?

KULE Sonst wäre es nicht gekommen.

SOHN Glaubst, es wäre zu Ende, so wie es ist? Was für ein Ende ist das, sind es nicht lauter Anfänge mit uns? Fängst du nicht an, dich umzukehren vom Guten zum Schlechten? Du sagst selbst, es gibt hier etwas, das du zu tragen hast, was deine Hände hier geschaffen haben, wegzuschaffen. Was kann das für Gutes sein, das man wegschaffen muss! Dein Rad rollt rückwärts, Alter, das ist ein schlechter Anfang, aber kein gutes Ende. Und was ist es mit mir? Denkst du etwas Gutes? Bin nicht froh und zufrieden, nein, zernagen und aushöhlen wird es mich. Ich war wohl gut bisher, so gut man etwas gut sein lassen darf, aber jetzt bin ich schlimm, schlimm. Wie willst du es nennen, wenn wir beide heute nicht wert sind, dass uns die Sonne bescheint? Sage, kann denn nicht auch etwas verdorben werden? Was soll aus Mutter werden, die unschuldig zwischen uns leiden muss, kann sie gut bleiben unter Bösen?

KULE Ja, du hast bitter recht, es ist noch nicht vollendet, aber es wird sich zum guten Ende wenden.

SOHN *zu* KULE, *der sich langsam auf die Bank niedergelassen hat* Ja, da wolltest du den Schluss munter verspeisen und besinnst dich darauf, dass der Anfang noch nicht gar ist. Du hast die ganze Mahlzeit noch vor dir, Mutter hält mit.

Schweigen

MUTTER *zu* KULE Warum sprichst du nicht?

SOHN *rollt den Stab an der Erde unter den Füssen, zu* KULE Hast nichts zu erzählen? Weisst du, *Sieht plötzlich erschreckt seine Hände an* wie so was kommt, und man hat's hinter sich, und es war wie ein Blitz aus der Luft, der dir's eingab, der dir den Stoss gab, denke doch, diese Nacht ––

MUTTER *zu* KULE Soll er wieder ins Rasen kommen? Kopfüber in die schäumende heisse Quelle stürzen?

SOHN Was vor langer Zeit geschöpft ist, lässt sich glatt und sauber ausgiessen, es brüht und spritzt nicht mehr. Mutter, hör' zu – – hör' zu, Alter, diese Nacht haben diese hier *Zeigt seine Fäuste* in des Alben Eingeweiden gewühlt, gerungen bis zum Reissen mit des Alben Herz. Und ich, das ist zum Verwundern, so ein braver Mordgewillter diese selbe Nacht, wenn mir's nicht noch gerade einfiel, hätten meine Erinnerungen vielleicht kein Windlein davon bekannt. *Zu* KULE Sag' doch, wie ist's bei dir, weisst du es noch, das von dieser Nacht? *Zur* MUTTER Richtig erschrocken bin ich, wie sich solche Dinge vergessen – als wären sie nicht gewesen, als wären sie nicht mehr da!

MUTTER Du musst es geträumt haben, Träume sind oft lebhaft wie Leben und gehen doch, ohne Aufhebens davon zu machen, ins Nichts zurück, woher sie sind.

KULE Rollst du nicht den Stab unter den Füssen? Er ist doch tot, und niemand hat sein Leben genommen, dass man's sah. Glaubst du, dass sein Leben erwürgt werden könnte, wenn sein Erzeuger, der ihn schuf mit seiner Kraft, es ihm nicht zum Schicksal bestimmt hätte? Glaubst du, wenn du ihn zerbrechen wolltest und glaubtest, du müsstest es, dass du es vermöchtest gegen seinen verborgenen Willen?

SOHN Was war das vom verborgenen Willen? Der soll ihm auch sein Ende eingegeben haben? Nein, du, wenn ich ihn zerbrochen hätte in drei Stücke übers Knie, dann hätte mein Mordwille den andern – den Willen in seinem Versteck zugleich, im Gehäuse seiner Verborgenheit, in drei Stücke zerbrochen, so ist's. – – Bereust du nichts?

KULE Das kann nicht bereut werden, was das Schicksal selbst gewollt hat. Nur wer ans Schicksal glaubt, ist sicher, dass er sich nicht selbst zerreisst.

SOHN Und man kann fröhlich sein und getrost, dass ein anderer zerrissen wird? Man kann's lustig vergessen – – weisst du es denn noch? Spürst du noch das schwarze Loch in deiner Erinnerung, in das ein anderer geworfen wurde? Das wäre ein ruhiges, gutes Ende, schade, dass es noch Morgen ist, wir könnten sonst gähnen und zu Bett gehen. Du hast guten Schlaf verdient. Nimm an, ich hätte den Stab zerbrochen, –

wer bin ich, dass ich nicht denken müsste, es wäre vielleicht besser nicht geschehen?

KULE *zur* MUTTER Hörst du?

MUTTER Antworte ihm, sprich!

SOHN Sprich ihm vor, Mutter, was er sagen soll.

MUTTER Er musste doch selbst wissen, was er tat. Er weiss, warum; er kann's selbst sagen. Was er tat, kann er nicht ungeschehen wünschen.

SOHN Er weiss nichts mehr davon, er wundert sich, wovon wir nur reden. Sprich ihm vor, dass er nicht blöde scheint. Ich habe doch selbst ohne Reue vergessen, was ich vielleicht vollbracht hätte. Geschehene Taten, scheint es, vergessen sich noch leichter als ungeschehene. Er wollte doch seine Tat wegschaffen, weit weg. Aber es ist leichter, sie in die Grube – Vergessen zu schmeissen, da liegt sie nun.

KULE *tief atmend* Nein, kein ruhiges Ende, die Tat ist erst halb geschehen.

SOHN So gib ihr den Rest.

MUTTER Vollende es, Guter, bleibe.

SOHN Mutter, dachtest du an den da *Zeigt auf den Stab*, auf dem ich ums Haus reiten soll? Hopp, hopp! Vielleicht kommt er wieder zu Kräften, dann könnte ich mich vorsichtig auf dem Wege meines Überwinders zurückschnuppern und ich würde mit rückwärts gehenden Jahren blinder als er, ich überträfe ihn in der Blindheit, das wäre Erfüllung, das wäre Leben! Und gutes Essen dazu, dann kämen wir alle zu einem guten Ende, feist und blind! *Nimmt den Stab auf* Nein, so werde ich nicht überwunden. Was, Mutter, wäre dein Stolz einverstanden, mich auf Einbeins Rücken zu bewundern? So? *Steigt auf* Denkst auch, er ist sicherer zu reiten als Vierbein? Ich kann dir nicht helfen, *Bricht ihn in Stücke* er ist doch nur Splitterholz, Steissbart, ins Feuer damit, wir wollen endlich Suppe kochen. *Schreitet mit heftigen Schritten geradeaus* Ja, das Ende muss noch ganz andere Gesichter schneiden.

Fünfter Akt

Trübes Licht, unbestimmte Tageszeit

MUTTER *halb und halb für sich* Wäre der Tag vorbei!

KULE Wäre er ein Gespenst, wir könnten ihn verscheuchen, wäre er ein Baum, wir könnten daran vorüberschlüpfen – –.

STEISSBART *laut* Wäre er ein Ross, wir könnten es vorbeilaufen lassen, aber er ist ein totes Ross, das mit uns gestürzt ist und auf uns liegt. Wir liegen unter ihm fest.

SOHN Man könnte die Zeit, da ihre Uhr stehen geblieben ist, messen nach den Pausen, die ein umgedrehter Hals braucht, um wieder zu Worte zu kommen. Ich wette, es sind immerhin einige Stunden, und so, wenn das Sprechen wieder da ist, wird das Schlucken nicht weit sein. Ist's Zeit zu essen, Steissbart?

STEISSBART Einen gegessenen Hirschen kann kein Feuer rösten, einen geschmausten Braten kann man nicht beissen.

SOHN Von wem gegessen, Steissbart? Ist deine Zunge schon so munter und springt übers Mittagessen wie über einen Graben? Mutter will etwas rüsten, hilf ihr, marsch in den Keller!

Die MUTTER, *um sich nur zu rühren, hat begonnen zu kochen und will gerade in den Keller steigen.*

STEISSBART Gegessen ist gegessen, meine Vettern sind's gewesen, die Feuerwichte, die im Keller sitzen – – ja, sie sitzen da.

SOHN Und schnappen uns den Braten vom Munde weg? He, he, alter Steissbart, deine Zähne verdienen einen rostigen Nagel zum Frühstück, weil du dir das gefallen lässt. Deine Vettern? Mutter, ist da nicht ein Sack? *Sucht eifrig und belustigt* Welch ein Abenteuer, Steissbarts Vettern, einen ganzen Sack fangen wir uns davon! Einen Sack, Mutter, oder ein Fischnetz, wir wollen einen Zug tun.

MUTTER *als hätte sie nicht verstanden* Einen Sack? *Geht zur Tür und sieht hinaus* Was willst du fangen? Sieh' doch den

Nebel, denkst du, Fische schwimmen darin, oder Nebelhühner hätten Nester hineingebaut und willst Eier suchen?

SOHN Ei, Mutter, Steissbart sagte doch --

MUTTER Sagte er wieder was, so hat er gewiss gelogen; wer sich so lange auf etwas besinnt und Steissbart heisst --

SOHN Ist der Hirsch nicht gegessen, hat er keinen kauenden Schaden gehabt?

MUTTER Den du mitgebracht hast, den wir verzehren wollen? Derselbe, der im Keller liegt? *Zu* STEISSBART Hol' die Keule herauf zum Zeichen der Wahrheit deiner Lüge, geh', geh'!

SOHN Lass uns sehen, Steissbart, wollen sehen.

STEISSBART Aasmäuler sind's! Aasmäuler! Ihre Blicke sind wie Feuerpfeile heiss, bist gestochen und gebrannt, eh' du die Leiter wieder hoch bist.

SOHN *schaut auch zur Tür hinaus* Mich dünkt, Steissbart hat recht, nannte er nicht den Tag ein totes Ross, und wir liegen unter ihm und wollen ersticken? Ein schmutziger Giftnebel hat sich vom Aas des Tages erhoben und dünstet dicker und dicker von ihm auf und um uns herum. *Zu* STEISSBART Was sagte sie? Die Keule herauf, Steissbart, frisch gesprungen! *Tritt vor die Tür* Glaubst du es, Mutter? Den Blättern hats der Nebel angetan. Es war mir doch seit einer Stunde, als hörte ich's rascheln. *Er stöbert mit den Füssen in den Blättern vor der Tür.* Und wahrhaftig, der Tag hat den Sommer mit ins Grab genommen. Herbst! Da ist der Winter nicht weit, vielleicht schon zum Abend, wer weiss!

Er verliert sich draussen, man hört noch kurze Zeit seine Schritte in den Blättern.

MUTTER Nun, Steissbart?

STEISSBART Ich geh' schon, ich bring's.

MUTTER *lachend* Maulheld! *Bedenklich* Geh' voran, ich komme nach, dir's zu zeigen, zu schneiden gibt's auch noch. Wo ist das Messer? *Im Vorbeigehen zu* KULE Ich ersticke. *Laut* Wir gehen zusammen hinunter. Mach' Licht!

STEISSBART Du würdest fehlschneiden, wenn ich leuchte, du träfest mit dem Messer, wo ich stünde.

MUTTER Vielleicht! Nur zu! Wärst du schon tot, wärst du schon gut. Möchtest du gut sein?

KULE Bist du nicht froh, Mutter?

MUTTER Mutter? Warum Mutter?

KULE Was bist du anderes? Du wirst das tote Ross zu begraben wissen und uns allen Licht schaffen. Du brauchst nicht zu ersticken.

STEISSBART Sie – – das tote Ross?

KULE Koboldsinn! Hast du deine eigenen Gleichnisse vergessen? Nanntest du nicht den Tag ein totes Ross? – Gut gesagt, denn es ist ein trüber und fauler Tag, der nicht rückt und uns nicht trägt wie ein Ross vom Morgen zum Abend. Ein trauriger Tag für die Welt, ein Seufzertag im Nebelrock. Mutter, du allein kannst fröhlich sein.

STEISSBART Sie kann nicht, sie hat einen Blick, als suchte sie blutige Flecke am Boden – – und hat doch vor Tag alles sauber gemacht.

MUTTER Ich möchte schon jauchzen.

STEISSBART Sie kann nicht!

MUTTER Blutige Flecke sollten mich stören können, du Wicht? Blutige Flecke, die du mit deiner Zunge malst?

STEISSBART Meine Zunge bricht aus, was meine Augen gefressen haben, sie können keine blutigen Flecke verdauen.

MUTTER Genug, komm' und leuchte!

STEISSBART *weinerlich* Mein Vater winkt noch immer aus dem Grab. Hast du nicht selbst den toten Hirschen beklagt, und nun ist er auferstanden? Logst du gestern oder heute?

MUTTER Gestern, Steissbart, habe ich im Ernst gelogen und heute aus Spass die Wahrheit gesagt, pack' das zusammen in ein Bündel, und sieh' im Keller selbst, was daraus geworden ist.

STEISSBART Ich habe das Blut selbst gesehen.

KULE Koboldsaugen!

STEISSBART Ja, deine haben nichts gesehen, ich glaub's!

KULE Hast du Ohren, Steissbart? Habe ich nicht die Schuld selbst bekannt?

STEISSBART Ohren!! Meine Ohren hören, was das Stillschweigen im Versteck der Worte flüstert, ja, das hören sie. Hört!

MUTTER Richtig, du bist ein Hehler mit Horchen und ein Stehler mit Sehen.

STIMME DES SOHNES *aus dem Nebel* Mutter!

STEISSBART Hört ihr's?

MUTTER *ruft hinaus* Junge!

SOHNES STIMME *näher* Rufe noch einmal!

MUTTER Hier bin ich, – komm'!

SOHN *aus dem Nebel herein* Ach, Mutter, dass ich dich sehe!

MUTTER Und wie froh bin ich über dich!

SOHN Denke, wie ich im Nebel ging und in Gedanken auf keinen Weg sah, stand ich plötzlich mitten in weisser Nacht. Und wie ich auf weichem Rasen zurückging und meinte, das Haus sicher zu treffen, drängten sich immer dichter um mich weisse Nebelkissen – – und da – –

MUTTER Und da warst du doch gewiss ganz nah!

SOHN Aber ich fühlte mich, als stünde ich ganz allein in der Welt – – und wie ich so hineinging und in immer dickeres Nebelweiss tauchte, fiel mir ein – –

MUTTER Du wolltest »Mutter« rufen, du riefst nach mir in deiner Einsamkeit.

SOHN Noch nicht. Ich dachte daran, wie wir gestern so redeten. *Zu* KULE Sagtest du nicht, ein Sturm ist der Götter Seufzen, ein Regensturz ihr Weinen? Daran dachte ich nun, wie ich so ging und mir schien, ich ginge ganz allein als einziger in aller Welt. Da dachte ich, ein Nebelfall ist wie das Sterben eines Gottes. Ein Todesgrauen.

MUTTER Und da riefst du »Mutter«?

SOHN Noch nicht; ich dachte, weil mir der Nebel so vorkam wie das ganz Unbekannte, wie die Luft einer fremden Welt, wohin einer unbeholfen wie ein betrunkener Träumer aus dem warmen Bett in die Winternacht ausgesetzt ist, da schien es mir: so muss es einem Toten zumute sein, so im Oeden stand ich. Und da rief ich nach dir, Mutter, das war das beste, was ich tun konnte, und wie ich zum zweitenmal rief – –

MUTTER Zum ersten! Gleich beim ersten rief ich zurück.

SOHN Dreimal rief ich.

STEISSBART Dreimal, Koboldsohren hören über Mutterohren, dreimal rief er.

SOHN Als du mich da wieder riefst, überlief es mich, als wär's die alte Zeit, die Antwort gab, mein altes Kinderleben, wie ein Bruder, der zu Hause geblieben war, der rief, ich sollte nur schnell nach Hause kommen – – und am Klang der Stimme fand ich den Weg zurück.

MUTTER Ja, als ich dich rufen hörte aus dem Nichts heraus, schrie es in mir: siehst du, eine Stimme hat die Welt, sonst ist sie wie eine Nebelhöhle. Deine Stimme gibt ihr Klang, deine einzige Stimme. Alles, was die Welt an Schall hat für mich, klingt so, wie du riefst, sonst ist sie mir stumm! Denke also, Junge, wie ich mich über deine Stimme freute, es schrie in mir: die Welt lebt noch, und ich spürte ihr Leben in mir, als wäre mein Herz eine Glocke und begann von selbst zu zittern und zu klingen. *Sie geht in den Keller.*

KULE Ein Nebel, sagst du?

SOHN Sagte ich das? So hatte ich nicht Odem genug, es war ein gekeuchtes Wort, ohne Kraft. Nein, Nebel, das ist mir ein lieber Freund, Nebel ist ein närrischer Kauz, ein Hänger in Einsamkeiten, ärger als ich je – – ein Liedträumer, ein Pfeifer voll Sorgenfreude auf der stummen Sehnsuchtspfeife – – oh, Nebel! Aber der da draussen, *Er fasst* KULE *an der Schulter* ich denke mir, so müssen Blinde durch die Welt gehen, ewig umwallt von ihrem eigenen Nebel, der mit ihnen zieht wie ihr Leben selbst. So wenig wissen sie, woher er kommt und so wenig können sie von ihm los. Das war's! Mit offenen Augen ging ich und konnte sehen, wie blind ich war, denn das war eine Blindheit, die nicht von den Augen kommt, sondern die andere, die schlimmste, die macht, dass die besten Augen nicht sehen. Redest du nicht von der Nacht deiner Blindheit? Du Tor, in der Nacht blinken doch Sterne! Die Nacht hat Höhe und Ferne und Raum nach hinten und vorn!

KULE Und die Blätter sind gefallen?

SOHN Es hängt eine grosse Trauer überall, wer sich hineinverirrt, dessen Mut geht es wie seinen Augen, seine Kraft schwindet vor unermesslichem Verzagen. Ist dir's nicht auch zum Weinen? Spürst es hier im Hause und wirst selbst ergriffen? Nein, es ist eine Lust zu sehen – – die liebe Hütte nickt mit allen Wänden wie mit freundlichen Gesichtern und redet mit ihren leisen Lichtern zu den Augen, die im Schrecken der Blindheit gestarrt haben. Steissbart selbst – – aber Gnom, wie siehst du aus, gleichst einem Angler, der Blicke auswirft, um Fische zu fangen und ihm beissen Frösche an – – hast du Mutter geholfen, wo ist das Fleisch?

MUTTER *mit Vorrat beladen steigt herauf* Lass ihn, meine Befehle sind Fehlsprüche in seinen klugen Ohren, er sagt ja selbst, er hört das Stillschweigen im Versteck der Worte flüstern.

SOHN Steissbart!

STEISSBART Sie hat gelogen, gestern oder heute. Gelogen!

MUTTER Da müsst ihr Gestern und Heute befragen und sehen, was sie wissen, aber wie kann Gestern heute etwas aussagen, und was weiss Heute von gestern!

SOHN Steissbart, willst du eine Stunde im Nebel stehen und warten, bis Mutter dich ruft? Du musst lernen, wie ihre Stimme klingt, du hörst falsch, an deinen Ohren liegt es. Wenn du dich rühmst, das Stillschweigen hinter den Worten zu hören, da draussen wirst du eine Menschenstimme als sauber und blank erkennen und ganz vergessen, hinter ihrer Treue Untreue auszuwittern. Wird's ein tüchtiges Mahl werden? Ein anderes als sonst, Mutter?

MUTTER Warum anders, Junge?

SOHN Weil wir einen Gast haben. Ein Gast ist immer ein Gast, darum tische auf und lass braten und sieden. Und reichlich soll es sein, denn wir müssen die graue Nacht verschmausen. Lass es immer draussen seufzen, wir sitzen hier bei aller Enge in behaglicher Weite.

STEISSBART Ein Leichenschmaus wird es werden.

SOHN Hört: Steissbart nagt schon an seinen Gedanken und splittert scharfe Sprüche zwischen Schmatzen und Happen. Immer zu! Zum Mahl sollst du anders einhauen.

MUTTER Aber immerhin, mich kränkt sein Knurren. Lass ihn bis dahin nur schweigen. Nachher an den Knochen kann er seine Hundeart bewähren.

STEISSBART Falsch, Frau, erst den Knochen, dann das Schweigen, so ist es bei Hunden.

SOHN Er ist wirklich ein böser Zänker und Stänker; Steissbart, halt an dich, deine Sprüche möchten dir noch einen Maulkorb binden. Sei munter dagegen, lass vor uns deiner Rede Böcklein tanzen. Rupf' dir das grüne Blättlein Schnurrigkeit, und lass dabei deines Geschmäckleins Lustmeckern klingen.

STEISSBART Meine Zunge soll wie ein Schwänzlein wedeln, wenn du willst.

SOHN Und lass es dein hartes Maul nicht verdriessen, sich mit des Schwänzleins Wolle zu bekräuseln, dass wir dich schöner als Steissbart Geissbart rufen können.

STEISSBART Bist du nicht ein Bettnässer geworden?

SOHN Du fängst gut an, warum?

STEISSBART So was weiss man selbst, weshalb das Kissen nass war. Siehst du wohl, wenn es an dem ist, wie will so einer, der noch dazu keinen Bart hat, selbst nicht am Steiss, wie ich, seinen Scherz über jemands verborgenen Bartwuchs treiben! Das lass dir sagen, Lieber, dich sollte man Mehlbart heissen, weil dein Bart noch nicht gebacken ist.

SOHN Zart gewedelt, Geisschwanz, doch es könnte besser sein.

STEISSBART Ja, besser noch, man hiesse dich Nebelbart, denn unsehend macht er die besten Augen, die nach ihm ausschauen.

SOHN Weiter, weiter, du bist auf guter Weide.

STEISSBART Deine Mutter hat auch nichts gesehen, als sie nach deinem Bart suchte, darum nahm sie die Finger zu Hilfe, um nach dem Bart auf deiner Backe zu tasten.

MUTTER *mit Gelassenheit* Weil ich ihn nie geschlagen habe, wollte ich es doch einmal tun, damit ich, wenn ihn die Leute seines guten Lebens wegen rühmen, sagen kann, es ist mir sauer geworden, ihn so brav zu machen, er hat noch als Mann Schläge haben müssen.

STEISSBART Deine Mutter meint – –

MUTTER Was sollte ich jetzt wohl meinen! Was es auch sei – – meine Meinung soll der Hahn sein, um das Fass deiner Meinung anzustechen.

STEISSBART Deine Mutter meint – –

SOHN Mir will scheinen, es finstert mehr und mehr. Wir wollen uns ein Stück Sonne ausbitten, ich wette, wenn die Hütte von Festlichtern leuchtet, schleicht sich das Fest wie eine Maus zur Falle, ihr sollt sehen! Wir wollen dem Fest eine Falle stellen. *Er zündet an verschiedenen Stellen Kerzen an.* Sag' mir, Steissbart, warum sprichst du nie von deiner Mutter, hattest du keine?

STEISSBART Mutter? Keine!

SOHN Keine? Keine Mutter, du Kröte? Wie bist du denn zur Welt gekommen, auf welche Abart von Entstehung hast du dich ins Dasein gestohlen? Hat dich ein betrunkener Gott im Jammer geträumt und mit Speien zur Welt gebracht?

STEISSBART Ich weiss es nicht, aber mein richtiger Vater war Bauchbart, wir sind alle ohne Mutter.

SOHN Von einem Ferkelchen, das geworfen wurde, magst du hier allenfalls reden, Steissbart, aber nicht von dir und deiner Geburt, nicht vor den Ohren meiner Mutter.

STEISSBART Ja, Bauchbart war mein Vater.

SOHN Und du als Steissbart konntest so aus der Art schlagen?

STEISSBART Nicht aus der Art, Grossvater vormals war auch ein Steissbart.

SOHN Eine bärtige Sippe, die Bärte sind eure vornehmste Eigenschaft, die sind euch treu geblieben.

STEISSBART Das ist uraltes Recht, was ein Vater war und was er hatte, davon bekommt sein Sohn, ob es Bärte sind oder –

SOHN Grosse Mäuler?

STEISSBART O, sie hatten sonst noch Art.

SOHN Ausser den Bärten? Steissbart, Sagenbrüter, sag' an.

STEISSBART Grossvater konnte zurück, hinterwärts schauen.

SOHN Rückwärts? Dazu braucht man kein Grossvater zu sein, ich kann's auch und bin bloss ein Sohn.

STEISSBART Aber anders. Er konnte die Leute tun sehen, was sie vorher schon getan hatten. Er hatte einen Blick dafür, was geschehen war. Von dem, was geschehen sollte, wusste er nichts.

SOHN Und du hast davon nichts abbekommen?

STEISSBART Es machte ihm Mühe, und als er betagt wurde, ging es ganz über seine Kräfte.

SOHN Aber du Faulpelz bist unbetagt, es schickte sich wohl, wenn du unsere junge Einsamkeit mit alten Spässen belebtest, wenn in unsrer Nacht ein paar Wundersterne glänzten durch deine Mühe.

STEISSBART Wüsste ich nur recht, wie er es machte, man musste stillstehen und er nahm unsere Augen hart in seinen Blick.

SOHN Wenn das ginge! Versuch' es, Steissbart, sieh' mich, wie ich im Nebel ging *Steht starr* Es muss leicht sein, denn es ist so kurz her, dass die Kühle noch nicht aus den Kleidern gekrochen ist.

STEISSBART *langsam* Ja, wenn Grossvater es konnte – du musst den Blick nicht stossen lassen, so hinleiten aus den Augen, wie ein Lämmerwölkchen am Himmel zieht. Nein, wenn es gelingen soll, musst du stillhalten. SOHN *steht durchaus still.* Ja, wie du willst, aber wenn es einen Spass geben soll, geht es nicht, drehst mir den Rücken zu und tastest, als wolltest du die Luftnester ausnehmen. Drehst den Kopf, als wolltest du lauschen, was die Spinne an der Decke murmelt. Nein, so kann ich nicht.

SOHN Richtig, richtig, so sieht er mich im Nebel ziehen und glaubt, ich trotte vor ihm her in der Stube. Ei, mein Steissbart, dein Grossvater war ein wackerer Mann, hat dich nicht enterbt. *Steht noch immer still*

STEISSBART Du hast doch die Tenne unter den Füssen und trittst daher wie auf Moorboden.

SOHN Ganz so kommt's einem vor, wenn man im Nebel schreitet und seine eigenen Füsse nicht sieht.

STEISSBART Halloh, wo sind deine Beine hingelaufen? Das sind Stückchen! Warte doch, bis sie wiederkommen und halte dich oben, wenn es angeht, sonst trampeln sie über dich weg und fallen wie über einen Stein im Weg. Rechts, rechts müssen sie geblieben sein – und du suchst sie links!

SOHN *leise und belustigt* Er sieht mich verschwinden, und da unten hing der Nebel am dichtesten.

STEISSBART Der Kopf ist auch ab und schnappt mit dem Mund, als riefe er den Beinen – – und schwebt – – da, da, geplatzt wie eine Seifenblase! Dass du das kannst, so stückweis zu verschwinden, sicher kannst du noch mehr davon.

SOHN *macht einen Satz und dreht sich um* Erbzauber, begreifst du?

STEISSBART Blitzschlag, ganz wie ein Kunststück von dir selbst. Konnte dein Grossvater nichts dergleichen?

SOHN *zu den andern* Er hat mich gesehen, wie ich Mutters Stimme hörte und mit schiefem Kopfe horchte. Nun soll er sein Kunststück bei Mutter zeigen.

MUTTER Bei mir? Nur zu, du Seher, den kein Mutterschoss getragen, – werden deine Augen sich erfrechen, in die Kammer meiner Vergangenheit zu schleichen? Meine Gedanken belauern, die ausschlafen wollen? Ein Späher bist du, kein Seher.

SOHN Er soll uns vor dem Mahl Lustigkeiten auftischen, er soll uns die Langeweile totbeissen – was siehst du, Steissbart – nichts? Oder warum schüttelst du den Kopf?

STEISSBART Sie sieht mich nicht an.

SOHN Ach so, daran sollte ich denken, hierher schau, Mutter, da sind seine Augen, sieh genau auf meinen Finger.

MUTTER Das braucht es nicht, ich fühl' seine Blicke in meinen, weg die Hand, Junge. *Sie sieht scharf hin.* Was siehst du? Kannst du die Dinge der verflossenen Stunden ermuntern aus ihrem Schlaf?

STEISSBART Wie kann ich das! Deine Blicke stehen vor den Türen, als hätten sie Messer in Händen, du musst anders schauen.

MUTTER Mit Schlafmienen? Was wären das für Wächter von

Augen, die ihre Messer in die Taschen stecken und die Lichter ausblasen? Sieh' selbst zu, ob du sie nicht übermannst.

STEISSBART Da liegt etwas im Gewissen, wie geknebelt und verrammelt.

MUTTER Richtig, müde und wund gehetzte Erinnerungen, Steissbart. Und ich sollte sie von deinen Bluthundblicken aufhetzen lassen und deinem Gebell aussetzen? Die armen Dinger haben Ruhe nötig.

STEISSBART Sie mögen schlecht genug schlafen, woher sollten sie Ruhe haben, wenn sie gefangen und geschunden sind? Es wird schon ans Licht kommen.

MUTTER Ja, Steissbart, Gestehen ist meine eigene Sache, deine aber das Sehen; habe ich dir nicht alles in den Mund gelegt, und du prunkst damit wie mit Selbstwissen? Soll ich noch mehr lüften, damit du etwas aufdecken kannst? Kunststück! Grossvater Steissbart mag ein grosser Spassvogel gewesen sein, seinem Enkel ist die Gabe keine Habe geworden.

SOHN Er sieht aus, als hätte er einen feurigen Wurm verschluckt, und der wälzt sich mit glühendem Leib in seinem Bauch. Was, beisst der Zornwurm dich so und brennt? Nun, damit war es nichts, guter Steissbart.

STEISSBART Selbst bekennen soll sie, selbst!

MUTTER Wenn das so weitergeht, wird er uns mit seinen Spässen aus unserm Hause räuchern. Was will er von mir?

SOHN Er sieht wohl Dinge, man weiss es nicht: er hat andere Augen als wir.

MUTTER Einer, den ein Gott im Jammer ausgespieen hat? Das muss ein edles Auge sein, das er hat. Er sieht, wie er hört, er lügt mit Augen und Ohren.

STEISSBART Wenn mit solchen Augen und Ohren die Wahrheit herangelogen wird, brauchen sie sich nicht zu schämen.

SOHN *in höchster Aufregung* Mutter!

MUTTER Was war das, was hast du?

SOHN Mir war, als zischte ein glühender Tropfen durch den Nebel und fuhr durch mich wie ein Speerstoss.

STEISSBART Du wirst noch wund werden von den Schüssen der Wahrheit.

SOHN Es ist schon vorbei, es war nichts weiter. *Zu* STEISSBART Du aber redest von erlogener Wahrheit? Gib dir keine Mühe, armer Kerl. Deine Wahrheiten und Lügen sind Mükken, die um Mutter herumtanzen. Sie können sie peinigen und ins Blut stechen. Aber lass das lieber sein, ich rate dir noch gelinde, denn es ist Vormittag, und ich möchte noch eine Weile Spass treiben. Aber was bedeutest du Mückenscheusal gegen eine Menschenseele? Du Stecher und Bohrer, du arbeitest mit deinen Zähnen an der Ruhe eines Berges, du willst am Sternenhimmel die Lichter ausspucken. – Weisst du sonst nichts? Hast du nichts von deinem Vater zu sagen, hat Bauchbart dich enterbt, dass er dir keine Tugenden hinterliess?

STEISSBART Er konnte auffahren.

SOHN Du lügst!

STEISSBART Er konnte es, das ist wahr, bis an die Decke.

SOHN Und hat das Auffahren mit ins Grab genommen? Wozu konnte es ihm da frommen? Sagtest du nicht, es sei uraltes Recht, dass auf den Sohn seines Vaters Vermögen kommt? So fahr' auf, wenn es dein Vorfahr war.

STEISSBART Mein Vater war's, gewiss.

SOHN Derselbe, der auffuhr?

STEISSBART Bis an die Decke, derselbe, dessen Sohn ich bin!

SOHN Bauchbart?

STEISSBART Bauchbart, Bauchbart nannte mich seinen einzigen Sohn.

SOHN So machst du deinen Vater zum Lügner, wenn du nicht auffährst wie er, so warst du nie sein Sohn, kein Steissbart.

STEISSBART Zoll für Zoll ein Steissbart!

SOHN So weis' dich aus, fahr' auf zu Ehren Bauchbarts.

STEISSBART Aber es wird Dünste geben, anders tat er's nicht, Winde entfuhren ihm.

SOHN Denk' nicht auf Schonung unserer Nasen, aber ergötz' unsere Augen. *Sie warten.*

MUTTER Es stinkt schon, das wird alles sein.

SOHN Er fährt auf.

MUTTER *tritt heran und tastet in der Luft* Wer sich nicht sehend erlustigen kann, muss es fühlend können.

SOHN Er arbeitet, als risse er an einem schwankenden Glokkenseil. Ueber dir, Mutter, über dir!

MUTTER *greift hoch, entsetzt* Es war sein Fuss, wahrhaftig, sein Fuss über meinem Kopf!

SOHN *ausser sich* Das sieht aus, als grübe er Löcher in die Luft und wühlte in Höhlen aufwärts, langsam wie ein grabender Maulwurf. Bis an die Decke. *Es klatscht oben.* Nun schlägt er mit der Hand an den Balken. Komm' wieder herab, Steissbart.

STEISSBART *keuchend* Es wird immer besser gehen – – weil's das erstemal war.

SOHN Und harte Arbeit war es, wie machst du's, Steissbart?

STEISSBART Aus dem Magen kommt die beste Kraft und mit den Schultern muss man durchs Mausloch zwängen – – und der Steiss – –

SOHN Der Steiss?

STEISSBART Wenn ich's recht überlege – – ich will's noch einmal versuchen.

SOHN Es geht schon besser.

STEISSBART Es kommt nicht vom Magen, der Steiss der schiebt. Der Magen bläht sich voll auf.

SOHN Der Steiss schiebt?

STEISSBART Nun, bei Vater war es wohl auch so, das ist bei uns die Anlage, so können wir's.

SOHN Und dein Vater Bauchbart, woher hatte der's? Da dein Grossvater nichts damit zu tun hatte?

STEISSBART Ich weiss es nicht, er liess es anstehen, bis er schon bei Jahren war. Er sagte wohl einmal, wenn er's recht bedächte, wollte er sich getrauen, aufzufahren, und weil wir dann lachten, liess er's – – aber – –

SOHN Aber?

STEISSBART Aber im Traum, sagte er, glückte es leicht und vom Traume aus kam ihm der Gedanke.

SOHN *betroffen* Er träumte das Fliegen?

STEISSBART Und je öfter er träumte, desto heftiger verlangte es ihn, und er schalt, wenn wir lachten.

SOHN Guter Steissbart, du musst mich lehren aufzufahren.

STEISSBART Du Bettnässer! Woher solltest du's im Steisse haben? Ich habe nie gedacht, dass du es vermöchtest, niemals könntest du's!

SOHN Niemals?

STEISSBART Niemals so, aber vielleicht anders.

SOHN Wie anders?

STEISSBART Wir, wir Steissbärte habens im Steisse, das ist wahr, aber zum Kopf haben wir nur eine Schwiele, da können wir an die Decke fahren ohne Not. Aber du – – was für Züge zu was für Dingen du in dir hast, wie kann ich das wissen, da ich nur ein Steissbart bin? Im Steisse hast du's nicht, auch nicht im Magen.

SOHN Du hast aber das Beispiel des leibhaftigen Bauchbart vor Augen gehabt.

STEISSBART Was soll das heissen? Hätte ich's nicht gehabt, vielleicht wären es meines Vaters Träume gewesen, die mir vor Augen gestanden hätten, du Bettnässer. Meines Vaters Träume hätten mir mein Erbe gewiesen ohne meines Vaters Beispiel. Das Leibhaftige macht's nicht, am Geist muss es haften.

Die andern hören bestürzt zu.

SOHN Deines Vaters Geist in deinen Träumen?

STEISSBART Richtung und Weg hätten sie mir gewiesen, dass du siehst, wohin du sollst.

SOHN Aber ohne Leibhaftigkeit gibt es doch keine Geisthaftigkeit.

STEISSBART Kann sein, man kann sich einen ohne Mutter denken, aber ohne Vater nicht. Wenn die Geisthaftigkeit da ist, kann die Leibhaftigkeit nicht weit sein, manchmal steckt sie gleich hinter der Ecke, um die man nicht sieht, weil man sie im Rücken hat. Oder die Geisthaftigkeit ist allein zurückgeblieben, denn sie kann nicht vergehen wie die Leibhaftigkeit.

SOHN Aber gewesen muss sie doch sein?

STEISSBART Gewesen, gewiss, was nicht gewesen ist, kann nicht vergehen.

SOHN Kann nicht vergehen, gewesen sein muss sie.

STEISSBART Was ist daran Grosses? Sie hat zwei Beine wie andere Leibhaftigkeiten, und wenn man in den Spiegel schaut und ist ein echter und gerechter Sprössling seines Vaters, so hat man von seiner Leibhaftigkeit die Spiegelung aus der Vergangenheit, man kann nicken, und es sieht dem Nikken ähnlich, das aus der Vergangenheit hervornickt. Auch die Teiche und windstillen Seen wissen das Geheimnis, wenn man sie fragt. Viele wissen's, man muss nur die Augen aufmachen und sich umschauen.

SOHN *umfasst sich mit beiden Armen und schliesst die Augen* Zu spät; der Nebel weiss nichts davon. Ob so blind oder anders blind, der Nebel lässt keinen Schein mehr durch. Kann man noch sehend heissen, wenn man nicht hinter seine Grabwände schauen kann?

MUTTER Junge, welche Last stürzt auf dich, dass du dich windest wie ein Getroffener?

SOHN Erdschollen, Mutter, Gedankenschwere auf einen Lebenden geschaufelt.

Er ballt die Fäuste, dabei rötet sich von der Wunde der Verband.

MUTTER *leise* Er kanns nicht verhehlen, es muss zutage, was sich nicht bändigen lässt. Was wollen Tücher und Bänder verschlagen! *Sie greift seine Hand und legt die Lippen auf die Wunde.*

SOHN Mutter, was tust du?

MUTTER Wie kann ich leiden, dass dein blutender Schmerz freien Lauf hat, er soll in mich dringen; so verlangt mich danach wie ein Verdürstender nach Wasser.

SOHN Meinen Schmerz, ja, wenn du den fühlen könntest!

MUTTER Tausendfach!

SOHN *zieht die Hand mit leichtem Unwillen zurück. Blut auf den Boden*

STEISSBART Blut, Blut am Boden!

SOHN Siehst du es? Wie kommt es, dass eine Ueberflut aus seinen Quellen kocht, wie verstehst du das? Wärst du nicht froh, es plätscherte leichthin seine dünnen Wellen, Tag ein, Tag aus, und die Nächte über schliefe es wie Wasser in einem verdeckten Trog? Freute es nicht dein Blut, wenn meines in Trotteln und Zotteln verfiele? Und nun -- sieh doch her -- es will nicht trotteln, es kanns Zotteln nicht --

KULE Deine Mutter, deine Mutter!

SOHN Aber was weiss sie von meinem Blut, was weiss sie von meinem Schmerz!

MUTTER *wendet sich stumm ab.*

STEISSBART Blut, Blut am Boden!

SOHN Sieh immer hin, Mutter, weisst du zu sagen, warum das Blut aus dem Leben entspringt wie aus einem Kerkerloche mit Ekel und Schauder? Was für ein Blut ist es, dass es nicht zu Schlamm zu machen ist?

MUTTER *schaut vom Boden auf ihren Sohn, sie sehen sich stumm beredt an. Der Mutter Lippen regen sich ohne Laut.*

SOHN Leidest du so? Was sagtest du, da deine Lippen sich regten?

MUTTER Meine Lippen sich geregt? Hättest du das hören mögen, wenn sie sich wirklich erdreistet hätten? Sei kein Steissbart, Sohn, und belaure nicht meine Türen und horche nicht an meinen Wänden.

STEISSBART *setzt an* Blut --

SOHN Lass dein Blutgeschrei -- sieh, Mutter, es springt nicht mehr, es ist nur ein Fädchen -- und *Er zieht das Tuch fest an.* es soll sich nicht länger erdreisten -- Tür zu!

STEISSBART Blutgeschrei? Ich? Es schreit selbst - - o, ich habe feinere Ohren als ihr alle, nicht ich habe gerufen.

SOHN Ja, ja, lieber Steissbart, ich tat Unrecht an dir, was sollte wohl deine schwielige Stirn für andre als verstockte Lustigkeiten hervorbringen. Hab Dank, hast dich redlich bemüht.

STEISSBART Blut zeugt für Blut, Blut lügt nicht, Blut ist ein Schreier, der so lange schreit wie Väter Söhne haben.

SOHN *greift ihn* Soll man dich nicht an die Wand schmeissen? Wo kommst du her, was willst du mit mir?

STEISSBART Hörst du nichts?

SOHN Wo?

STEISSBART In dir selbst! Dein Blut, dein Blut schreit. Soll ich darum an die Wand geschmissen werden? Wenn du es nicht hörst, so tu es, zerschmettere mich an der Mauer, du wirst es schon hören, es schreit weiter, es schreit lauter!

SOHN *schüttelt ihn* Du toller Bursche; wenn deine Augen nicht wären, wer könnte wegen deiner aus dem Sumpfe des Misnehmens herauskommen, aber deine Augen, da hast du's, dass man bei sich denkt: eine Hundeseele, der hat's in Blicken wie ein Schweisshund im Riechen. *Traurig* Könnte ich auch hören und sehen, was du mit Lauern und Horchen aufstöberst.

Er setzt ihn nieder und geht zur Tür, lehnt sich halben Leibes hinaus.

MUTTER *im Vorbeigehen zu* KULE Man hört nichts von dir – –

SOHN *kommt zurück und sieht verzweifelt um sich, steht vor* KULE *still und sieht ihn an.*

KULE *in der Meinung, dass die* MUTTER *noch dasteht* Vertrau, und wenn ich beim Schaffen deinem Schicksal gut genug war, so denke immer, dass ich mit Willen nicht schlechter geworden bin. Hoffe immer, weil ich da bin.

SOHN Ja? Bist du immer noch da? Richtig, dein Tun hatte viel mit meinem Schicksal zu schaffen. Wir wussten es beide früher, und es ist gut, sich von Zeit zu Zeit daran zu mahnen. Vergiss es nicht, es ist doch kein Geheimnis geworden?

KULE Wenn du von dem – – sprichst – –

SOHN *raunend ins Ohr* Es hat doch seine Richtigkeit, nicht wahr, da du selbst es sagtest – – und du schaffst es mir nicht wieder – – das Ross Herzhorn? So ist es doch? Nie?

KULE Was denkst du, Armer, du weisst doch – –

SOHN *wie oben* Nicht als ob du dich schämen müsstest, wenn du es tätest, du weisst: das mit Herzhorn. Wegen dessen, was voranging in der Nacht, hast du dich auch nicht geschämt, warum auch – – aber wenn du es wieder schaffen könntest – – oder was meinst du?

MUTTER *herzu* Wovon flüstert ihr, soll ich nicht Teil haben?

SOHN Ach, Mutter, es ist noch ungewiss, und ehe man Bestimmtes weiss, ist es besser, du beunruhigst dich nicht darüber.

MUTTER Schlimmer als was ich von dem Geflüsterten erhaschte, kann mich nichts treffen. Wovon sprachst du, sag es doch!

SOHN Wovon es war? Ich fragte ihn, ob er einen Kochtopf flicken könnte, der in Scherben ist. Was darein gegossen war, ist heraus und bleibt vergossen.

MUTTER Welche Art Kocherei meinst du?

SOHN Zukunft, eine leckere Sache. Wir müssen den Topf flikken und eine frische Zukunft hineintun. Aber ich glaube nicht mehr, dass es ein gutes Gericht wird. *Zu* KULE Was denkst du darüber?

KULE *sitzt horchend da.*

SOHN *rührt ihn an der Stirn* Du, dich meinte ich, was du denkst, hätte ich gerne gewusst.

KULE Mich? Frage sie, deine Mutter. Denn sie hat dein kümmerndes Leben tief in sich gesenkt, wie Wurzeln ins Erdreich. Sie wird dich aus sich nähren und stärken. Sieh, das kann eine Mutter, ihrem Sohn ein zweites Leben geben – – und du dankst ihr schon das erste.

SOHN Danken? War es wirklich Mutter, die es mir gegeben hat? Das, warum ich danken und loben müsste? Kann sie denn geben, was sie nicht hat? Nein, ich bin nicht wie Steissbart, dessen Erzeuger einfach war, mich hat keine Mutter allein gezeugt, und so kann sie mir auch das Leben nicht wiedergeben, was sie mir allein nicht geschenkt hat. Ich würde mein eigner Stiefbruder werden, ein halbes Ich, und sie wäre eine andre Mutter, eine fremde Frau. *Vertraulich* Es ist nichts Rechtes mit dem andern Leben, und es ist besser, du machst Anstalten – – du weisst schon.

KULE Alles, alles sollst du wieder haben, dein Drang soll gestillt werden mit Trösten, die von ferne der Seele zurennen wie eine ganze Herde junger Rösser.

SOHN Aber wenn deine Tröste nun gesalzene Fische wären für meinen Durst? *Ausser sich* Nein, nein, Steissbart hat es mir schrecklich deutlich gemacht; was hier drängt, habe ich nicht von Mutter, *Ruft* Vater, Vater!

Stille

STEISSBART Im Nebel riefst du auch zuerst umsonst. Rufe zweimal!

SOHN *setzt an, verliert aber den Mut* Ich kann nicht mehr!

MUTTER *ist an den Herd gegangen, kehrt ihnen den Rücken* Ein Vater, der nicht antwortet, wenn sein Sohn schreit!

KULE Du bist ein Träumer. Deine Seele dunstet Sehnsucht, sie schafft keine Taten, dein Auge sieht Nebel.

SOHN Soll ich auf Mutter sehen und vor Vater die Augen zuschliessen? Wenn Vater unsichtbar ist, wie bin ich sichtbar, wenn ich rufen kann, wie kann Vater schweigen? Kann man Mutter sagen ohne Vater zu meinen? Steissbart gibt sich zufrieden mit einem Vater ohne eine Mutter, für mich gibt es keine Mutter ohne einen Vater.

MUTTER *am Herd, abgewandt* Wenn ein Sohn am Schweigen des Vaters erstickt, kann eine Mutter Odem behalten? Hat Schmerzengift Kraft, so müsste ich sterben.

SOHN Steissbart, was dein Bauchbartvater konnte, kann meiner wohl auch, ich will auffahren!

STEISSBART Auffahren, dein Vater auffahren?

SOHN Meinst du nicht, dass meiner das Hundertfache an Künsten konnte wie deiner?

STEISSBART Wie meiner? Beileibe nicht!

SOHN Ich will auffahren, trotzdem!

STEISSBART Wenn es dir nicht im Traum ankam, wird's dir im Wachen nie gelingen. Erst träumen und hangen, dann versuchen und anfangen, so!

SOHN Ich ritt auf der Bahn der Sonne im Traum.

STEISSBART Und meinst, das könnte deines Vaters Art sein? Wie wäre das möglich, ich wette, dein Vater ist ein Hufschmied und bedient die Rosse guter Reiter. Dass ihm ein junger Hengst entlief, mag ihm einen Buckel voll Prügel eingetragen haben. Sonst kann er ein braver Mann sein, aber auffahren – –??

SOHN Ein Hufschmied, sagst du, warum ein Hufschmied?

STEISSBART Weil er Rossen die Hufe beschlug.

SOHN Woher weisst du das, Steissbart?

STEISSBART War denn das Ross unbeschlagen?

SOHN Kein Nagel im Huf, es ging und sprang übers Gestein wie auf Rasen.

STEISSBART Unbeschlagen? So weiss man nichts Bestimmtes von deinem Vater. Ein guter Mann, – – aber ein Narr.

SOHN Bin ich ein Narr geworden?

STEISSBART So, so, du hast Recht, es war kein Narr, ein Narr kann keinen Sohn haben, der nicht auch einer ist – – aber ein Stubenhocker, der bist du, und ein Bettnässer auch, das weisst du, und ein – – deine Mutter sagte es selbst – – ein Wandhorcher.

SOHN Ein Wandhorcher? Und – –

STEISSBART Das alles wäre dein Vater auch. In der Gegend müsste man ihn suchen.

SOHN Ein Wandhorcher, ein Wandhorcher wo, Steissbart?

STEISSBART Er? Wo horchst du? Bei ihm müsste es ähnlich sein?

SOHN Einen Horcher zum Vater, das wäre ein jammerseliger Sohn.

STEISSBART Aber deiner, jede Art Sohn muss mit seiner Art Vater zufrieden sein.

SOHN Nun, was soll das wieder, Steissbart, bin ich nichts Besseres als ein Wandhorcher?

STEISSBART Wer weiss! Vielleicht an der Wand, wo das andere beginnt, was kein Mensch weiss. So einer! Der weiss, da ist nur eine Wand, und auf ihrer andern Seite lebt es, dass man atmen hören müsste, wenn man nur recht hart das Ohr anlegt. Wärst du so einer, du wärst vielleicht ein Wandhorcher deines Vaters und dein Vater der Wandhorcher seines Sohnes. Du solltest auch ein Belaurer werden und ein Schauloch in die Wand stossen. Das solltest du tun, dass du siehst, wie dein Vater ist.

SOHN Hufschmied und solch ein Wandhorcher nacheinander? Steissbart, du Spielmann, du geigst mir mit deinem Gedankenbogen sonderbar auf.

STEISSBART Es gibt solche und solche Spielleute! Was mein Bogen geigt, ist auf feinen Saiten gegriffen. Hörst du nichts bis in die Eingeweide klingen?

SOHN Hörst du es auch?

STEISSBART Was hörst du?

SOHN Ich höre die Sonne sausen überm Nebel.

STEISSBART Das muss ein schöner Ton sein, sowas können wir nicht hören, wir Bauch- und Steissbärte. Die Sonne?

SOHN Worte können nicht sausen, du Dummkopf, hältst du mich für einen solchen, der ein Wort macht und es in die Tasche steckt und tut dick, als hätte er das Ding ergriffen? Hörst du noch nichts?

STEISSBART Ich werde es nie hören, ist nichts für meine Eingeweide.

KULE Sage mehr!

SOHN Reisst eure Zungen heraus, wenn ihr solche Dinge sagen wollt *Voll Ekel* Lasst eure Gedankenwürmer in euch nagen und euer Sagen hinter sich ausleeren.

MUTTER Lieber, Guter!

SOHN Lieber? Guter? Was für Liebe, was was für Güte! Es wird Kot in eurem Leibe, sage ich. Sprecht Kot, sprecht Kot! Das ist eure Art.

MUTTER *schneidend* Ist es meine Art, ist es auch deine.

SOHN Aber wie nun? Was ist das, es dröhnt wie dumpfer Glockenton in der Tiefe – langsam und gelinde in schweren

Schlägen, und der Berg zittert im tiefsten Gestein – horcht, es hebt wieder an – hört ihr's?

STEISSBART Ohren dafür hat von unserer Sippe keiner. Er hört das grosse Herz der Erde hämmern.

SOHN Ach, Ströme rauschen da unten.

KULE Ströme von Leiden.

SOHN *kniend* Fluten, Fluten, Fluten schwellen schwer aus unendlicher Tiefe. Tore öffnen ihre Flügel – hört doch, es donnert im ungeheuren Anstoss wie eine Brandung.

KULE Tore der Hoffnung.

SOHN Auf und zu, auf und zu. Man möchte hinabstürzen und verschlungen werden!

KULE Wir alle sind es und wissen's nicht.

SOHN Recht hineinstürzen und ins Tiefste dringen!

KULE Seine Sehnsucht klopft vergeblich an da unten.

SOHN *aufstehend* Verklungen ist's, aber wer könnte mir unterdes das Messer in den Leib gestossen haben? Niemand, denk' ich, denn es bohrt und schneidet nach eigener Lust. Da reissen die Echos von unten und oben sich um mein Ohr, und derweil schleicht sich ein scharfes Eisen heran, springt an mich wie ein Floh und gräbt sich unversehens hinein. Nicht einmal Mutter – wo ist sie nur *Mit Gebärden, als sähe er nichts* Bin ich entrückt oder sind sie's, wie komme ich in den Nebel hinein – – war ich nicht schon einmal an dieser Stelle? Und rief nach Mutter und liess mich wieder in die Hütte ziehen?

MUTTER Er sieht uns nicht, er denkt sich im Nebel.

SOHN Weiter, weiter, soll ich lange dem Eigentümer des Messers nachfragen?

MUTTER Er hütet sich, wieder in die Hütte zu kommen.

SOHN Sollte ich nicht wagen, zum zweiten Male nach Vater zu rufen? Vielleicht klingt meine Stimme weiter hier draussen – – Vater!

Horcht

SOHN *leise, immer horchend* Kann ein Vater so lange schweigen, und seines Sohnes Not kennen? Mutter liesse es keine Ruhe – –.

MUTTER *stellt sich dicht heran.*

SOHN Vater, höre doch. Ich rufe laut und leise. – – Was für eine Mutter war das, die mich von einem solchen Vater empfing. Was soll ich von ihr denken, dass sie es für nötig hält, ihn vor meinen Augen zu verdecken wie einen schmutzigen Winkel im Hause. Könnte sie fürchten, ich grübe seinem Andenken ein Spottgrab, pflanzte einen übelriechenden Strauch drauf und schnitte ihr jeden Morgen einen Strauss zum Aufstehen? Nein, nein – – Vater, könnte ich nur deine Stimme hören. *Er streckt seine Hand aus.* Nur von deiner Hand erfasst werden, deine Hand fühlen, denn vor dir bin ich klein wie ein spielendes Kind in der weiten Welt allein. Ich wollte an deiner Hand fühlen, dass du es bist und fröhlich Vertrauen haben – –.

MUTTER Und ich stehe neben ihm, könnte seine Hand fassen und darf es nicht. Und er ist nur in Gedanken beim Vater und lächelt lustselig. Seine Seele schwingt wie im Sonnenlicht, und doch denkt er nur an ihn. Wahrhaftig, ich bin nicht sicher, ob ich ihn nicht freudig hergäbe, lächelte er nur noch einmal wie jetzt – – aber zu mir.

SOHN Nur fort! *Wandert herum* Einmal muss es heller werden, die Sonne saust ja über mir, ich höre ihre Hufe schallen, und Funken zischen durch den Nebel. O, er muss meine Mühe in dunkler Einsamkeit sehen, er muss mir Hilfe senden und wär's nur wieder das Ross, ja, es darf nicht anders sein, wie konnte sein Ross verloren werden! Die Hütte liegt weit hinter mir, ich fände nie zurück, und doch sagt man, im Nebel gingen schon viele in dichter Nähe ohne Ahnung des Ortes. Wenn ich nun riefe? Und Mutter wieder riefe, und ich stände wieder drinnen bei Steissbart und neben dem Herd? *Hastig fortschreitend* Nein, nein, nein, nur fort! Halt, da kommt einer, und was für einer! *Er stösst im Wahn auf einen Verirrten.* Du bist auch verirrt? Ja, da ist guter Rat teuer, frage den Nebel, der weiss Bescheid. Aber wenn du Kehle hast, schrei nur in alle Winde: Mutter – – und wenn es widerklingt: Sohn – – da steht eine Hütte, und wenn du Hunger

hast, findest du ein fettes Mahl – – sag ihnen nur, sie sollen nicht warten, und nimm deinen Platz an meiner Stelle – – leb' wohl! *Er geht weiter, stutzt dann.* Sah er nicht besonders aus, wer mag's gewesen sein? Dass es mir gar nicht einfiel, ihn zu fragen! Da ruft er! Es klang fast wie meine Stimme, von Nebelkissen verstopft. Wenn nun Mutter es hörte und freute sich sehr und empfinge ihn wie mich? Das darf nicht sein, nein, er soll nicht rufen und Mutter närren, wo ist er? *Sucht* Da, da, er ruft zum andernmal, und meine Stimme ist's wieder, ich muss zurück, muss heim – – Mutter!

MUTTER *ihn anrührend* Junge, da bist du ja wieder!

SOHN *verlegen* Ja, Mutter, die alte Geschichte – – hörtest du rufen?

MUTTER Und ich antwortete wie das erstemal – – und da warst du wieder; bist du froh, wieder da zu sein?

SOHN Und der andere? Es war noch jemand, der den Weg nicht wusste und die Hütte suchte.

MUTTER Hättest du ihn mit hereingebracht!

SOHN Wir waren uns aus den Augen gekommen, aber sicher ist er nahebei. – – Ist das Mahl bereit, und ist es gut, dass ich ihn dazu geladen habe?

MUTTER Alles bereit, er braucht nur einzutreten, er ist willkommen.

SOHN Rufe ihn, Mutter, wie du nach mir riefst, es geschähe sonst leicht, dass er sich entfernte.

MUTTER Rufe du ihn, indes ich den Tisch bereite.

SOHN Ich nicht, seine Stimme klingt wie meine, und er würde denken, das Echo neckte ihn. Er war's, der zuerst rief.

MUTTER Es rief »Mutter«, wie sollte ein anderer für dich so rufen! Bedenke, wie ich mich entsetzt hätte, wäre er statt deiner eingetreten. Mancher kann im Nebel sagen: ich bin's. Von manchem kann man etwas denken und verkennt ihn doch.

SOHN Er sagte nichts davon, wer er wäre – – er kam quer herein und stand vor mir wie ein Turm.

MUTTER Im Nebel erscheinen alle Menschen wie Riesen, du auch ihm.

SOHN *zur Tür* Aber er wollte doch zur Hütte und muss gleich eintreten. Ich habe ihn zum Mahl geladen und – – ich möchte doch sehen, wie seine Gestalt zu meiner Stimme steht.

MUTTER Wir wollen ihm einen Platz schaffen, dass er gleich niedersitzen kann – – er wird hungrig und müde sein – – kommt nur heran.

SOHN Was soll er denken, wenn wir schon schmausen, ich versprach ihm doch meinen Platz, den soll er haben.

MUTTER Ein Wanderer ist froh, wenn er die Schüssel voll hat und eine warme Ecke. Er will auch nicht gern stören und andern den Platz nehmen. Er mag sich sputen, wir wollen nicht länger warten.

SOHN Er muss irre gegangen sein, ich möchte ihm nach.

MUTTER Er ist vielleicht zur Seite gewichen. Wer weiss, wer er war, vielleicht ein Nebelgeist, wie sie umgehen.

SOHN Nein, nein, so wenig wie ich einer bin. Es war mir, als schritte er aus einem Spiegel, gross wie ein Tor, auf mich los.

MUTTER So lassen wir das, man wird ja sehen. Kommt heran.

Sie zögern an den Tisch heran.

SOHN Hier nicht, der Platz bleibt für ihn.

MUTTER Esst nur, greifst du nicht zu?

SOHN Doch, Mutter, gib auch Steissbart.

STEISSBART Horcht!

MUTTER *wirft ihm etwas zu* Damit stopf dein Maul.

STEISSBART Horcht, habt ihr keine Ohren?

SOHN Sollte er –?

MUTTER War er nicht geheissen, seine Narrenspässe vor dem Essen zu zeigen? Hat er nicht Raum gehabt für seine Werke und soll mir die Speisen in den Schüsseln versalzen? Sag' es ihm, Junge!

SOHN *zu Steissbart* Geh an die Tür und schau hinaus; einen Feuerbrand zeigen kann nicht schaden, nimm einen vom Herd.

KULE Niemand ist draussen und irrt im Nebel. Keiner wird die Hütte verfehlen, denn keiner sucht sie.

Sohn Du brauchst die Herde deiner Tröste nicht auf die Beine zu bringen, guter Alter, meine eigenen stecken im Hinterhalt, sieh' zu, dass sie dich nicht über den Haufen rennen.

Kule Wolltest du meiner spotten? Tu' es, Lieber, aber ich fürchte, grimmig spottest du deiner selbst.

Sohn Warte, warte. Hast du mir nicht Hoffnungen verjagt. Und sie sind doch zurück! Sie kreisen und treffen ihren Ort doch wieder.

Mutter Hoffe auf Trost, aber nicht auf solchen. Du verjagst alle meine Hoffnungen.

Sohn Was siehst du, Steissbart?

Mutter *heftig* Nichts, nichts, ein entsetzliches Nichts zerstört alle meine Hoffnungen.

Sohn Er war da, vor diesen meinen Augen stand er da, als ich in dem Nebel irrte. Was wir beide, Steissbart und ich, sehen, müsst ihr auch sehen, wenn es eintrifft.

Mutter Aber du warst nicht draussen im Nebel.
Kule Du hast vor unsern Augen dagestanden.
} *Gleichzeitig*

Mutter Deine Augen haben gespielt.
Kule Deine Gedanken haben dir Gestalten vorgelogen.
} *Zugleich*

Kule Keiner war entrückt, nicht du von uns, nicht wir von dir. Wir hörten alles, was du sagtest.

Sohn Nicht im Nebel geirrt, nicht die Hütte verlassen? Das alles wäre nicht – – und gehört habt ihr nichts? Auch den Mann habt ihr nicht sprechen gehört?

Kule Niemand ist draussen.

Mutter Kein Mann. Du hast deiner armen Seele mit Wind und Luft ein Bild vorgemacht.

Sohn Aber seine Stimme! *Aufspringend* Mutter, bin ich nicht oder du? Ja, ich weiss schon! Ich bin hier in der Hütte, in dem alten Hause, sagst du es jetzt nicht, so springen dir die Worte schon von den Lippen, du bist du, ich bin ich – – ja, ja, ja, ja! »Die alte Hütte«, es klingt, als rasseln Ketten! Du und ich – – zwei Henker, die sich gegenseitig die Leiter hinaufbitten *Fasst sich an den Kopf* Halt, halt, ihr rennt ja wie besessen! Tausend Jahre springen davon und noch tausend und noch einmal! Will die tolle Zeit die Ewigkeit zur Bettlerin machen? Tausend Zügel zerschneiden und tausend Jahre in Nichts zersprengen augenblicks? Sie hat vergessen, die alte Hütte loszubinden, und nun, holtergepolter – – klappert sie hinterdrein. Aber die Ewigkeit ist auch nicht faul, ein Pfiff wie von Anfang bis zu Ende aller Dinge hinterdreingefahren, dass der Himmel zerreisst in ungeheurem Anprall, ein Dutzend Monde, wie ein Bienenschwarm saust durch den Riss – – ha, und die muntern Jährchen, rückwärts geboten, zurückgerafft, zu Hunderten gesammelt, donnernde Jahrtausende unter ewige Ordnung wiedergebracht, seht, seht, ihr Zukunftsfresser, da seid ihr wieder im Stall! Heute ist wieder heute – – und die Hütte ist auch noch dabei, unzertrampelt und nur leicht im Gefüge gelockert – – und wir alle, wie viele waren es noch – – nur vier? Vier zusammen auf der Reise, ohne ein Wort zu wechseln, ohne den Mundvoll Essen fertigzukauen? Ich glaube, zwei davon werden abstreiten, dass sie auch nur hundert Jahre gereist sind, ja, sie werden sagen, wir sind nie über heute mittag hinausgewesen. Soll man streiten? Solche Leute glauben nur, wenn man mit dem Finger daran tippen kann. Wie, alter Steissbart, stehst du noch immer unter der Tür – – was hast du die tausend Jahre über getrieben? Maulaffen feilgehalten? Guter Kerl, iss erst, die Knochen sind noch frisch. Ach – – und – – woran denke ich denn, wie konnte ich vergessen! Er, der draussen ging, was mag nur aus ihm geworden sein, wir müssen suchen, rufen, schreien. War es ein Sendling oder er selbst, ein Bote mit Trost und Hilfe für mich, er darf nicht vorbei – *Will zur Tür*

MUTTER *fällt ihm in den Arm* Höre mich, höre deine Mutter.

STEISSBART Höre lieber ihn, deinen Vater.

SOHN Lass mich doch, ich muss.

MUTTER Du schlingst tote Steine, soll das deinem Leben dienen?

STEISSBART Auf vier unbeschlagenen Hufen im Nebel tanzt es!

SOHN Du wirst selbst sehen, Mutter, wie konnte ich nur einen Augenblick solche Dinge, die ihr Taten und Geschicke nennt, vor meinen Augen stehen lassen! Jetzt weiss ich's, eure Mauern und Wände sind meine Türen und Tore. Euer Sehen ist mein Blindsein, euer Kopfschütteln mein Nicken. So, so!

MUTTER *lässt ihn los* Verflucht sollst du sein.

SOHN *erschüttert* Mutter, was ist das?

MUTTER Was das ist? Erbrechen meiner Not mit dir.

SOHN *stürzt und ergreift ihre Hände* Segne mich!

MUTTER *entreisst ihm ihre Hände, ergreift das Messer* Sieh' her!

SOHN Ja, ja, was willst du?

MUTTER Damit erstach ich dein Ross, es tanzt nicht mehr, Steissbart lügt. Sieh' dich um, aufgetischt hab' ich es, ihr habt sein Fleisch zwischen den Zähnen. Das ist die Wahrheit, und Steissbart hat sie herangelogen. Mein Blut *Ersticht sich* soll still werden und aufhören, um dich zu schreien.

SOHN Verfluchter Muttersohn!

STEISSBART Blut, Blut am Boden, es deckt das andere zu!

SOHN Kein Wort mehr, Steissbart, oder ich schmettere dich in den tiefsten Keller. *Zu* KULE Was suchst du? Tritt nicht auf sie!

KULE Gib mir das Messer.

SOHN Ach, du denkst, das Ende ist noch nicht ganz zu Ende und willst seinem letzten Schritt ein Bein stellen? Hier ist es, *Gibt es ihm* so fass' es – – du kannst mir alle seine spitzen Schwestern und Brüder zustecken, und ich täte es doch nicht, nicht unsere Art so, Vater täte es auch nicht, wir lassen uns bedienen, könntest du sehen wie ich, du würdest dich wundern über meine Dienerschaft, lauter Fäuste, die um mich lauern, alle mit Messern. *Er winkt.* Tagediebe ihr, tut eure Pflicht – –. *Besinnt sich* Aber halt, es will mir doch nicht gefallen, ich bin's so vornehm nicht gewohnt, was bin ich, dass ich den feinen Herrn spiele! *Entreisst* KULE *das Messer* Mutters Art steht mir doch besser an. *Tötet sich*

KULE *tastet nach den Leichen, will dann die Hütte verlassen.*

STEISSBART Halt! Ich bin so gut wie ein Stab, ich weiss den Weg.

KULE Wohin kann ich noch kommen sollen?

STEISSBART Ein Weg braucht kein Wohin, es genügt ein Woher.

KULE Du und ich! Welcher Weg wäre uns beiden der rechte?

STEISSBART Botengängerweg, dass die Welt weiss, was wir wissen.

KULE Und was wissen wir?

STEISSBART Woher das Blut kommt, bedenken sollen sie. Alle haben ihr bestes Blut von einem unsichtbaren Vater.

KULE Dein Geschrei klingt sonderbar.

STEISSBART Aber wie Blutgeschrei richtig. Sonderbar ist nur, dass der Mensch nicht lernen will, dass sein Vater Gott ist.

Titel und Nachweise der Zeichnungen

Titel und Nachweise der Steinzeichnungen nach Friedrich Schult, ›Ernst Barlach. Das Graphische Werk‹, Hauswedell, Hamburg
Wiedergabe der Steinzeichnungen, fotografiert von Lars Lohrisch, mit freundlicher Genehmigung der Kunsthalle Bremen

S. 22/23 *Stehende Frau auf halber Kellertreppe*
Lithographie. Bildgr. 223 × 254. Unbezeichnet

In der Bildmitte eines unverstellten, kahlen Raumes aus unbedecktem Keller aufsteigend, eine in Vorderansicht halben Leibes sichtbare Gestalt, den Kopf herrisch nach links gewandt, mit der Rechten sich aufstützend

S. 26/27 *Träumender Jüngling*
Lithographie. Bildgr. 281 × 373. Unbezeichnet

Im Hintergrund eines schwach erhellten Raumes auf nächtlicher Lagerstatt ein schlafender Jüngling, das Haupt auf die Rechte gestützt; im Vordergrunde hockend, seinen Schlaf bewachend, Steißbart, der Gnom, mit der Linken sich aufstützend, die Rechte an der Wange

S. 34/35 *Das Paar im Gespräch*
Lithographie. Bildgr. 263 × 340. Unbezeichnet

In kahlem Raume, der sich mit einer im linken

oberen Bildwinkel ausgesparten Tür zu hellerer Durchsicht öffnet, vor dunkler Wand bildfüllend in Vorderansicht zwei sitzende Gestalten; rechts Kule, die Hände über dem Knauf eines vorgesetzten Stabes zusammengelegt, den bärtigen Kopf nach links gedreht, links die Mutter, die abwärts vorgestreckten Hände verkrampft in tief gemuldetem Schoße

S. 42/43 *Der Seufzerstein*

Lithographie. Bildgr. 223 × 276. Unbezeichnet

In urtümlich gefügtem Raume mit offenem Herde, Vorratskammer und ansteigender Bodentreppe im Hintergrunde, am oberen Bildrande von schwerem Balkenwerke dunkel geschlossen, auf roh gezimmerter Bank im Vordergrunde links zwei Männer im Gespräch; rechts, aus dem Bilde gedreht, mit der Linken sich aufstützend, der blinde Kule; links, in Vorderansicht, den Kopf nach rechts gewandt, der Sohn, mit fragender Gebärde den Seufzerstein betastend, den er im Schoße hält; im Hintergrunde, der Gruppe zugekehrt, die lauschende Mutter

S. 48/49 *Die Wiege*

Lithographie. Bildgr. 257 × 312. Unbezeichnet

Vor dunklem, räumlich nicht näher bezeichnetem, gestricheltem Hintergrunde, in Vorderansicht mit vorgezeigter Wiege halb nach links gedreht, die Mutter; ihr zugekehrt der staunende Sohn; im rechten oberen Blickwinkel, den Kopf auf die Linke gestützt, die Rechte hängend am Leibe, der abwartende Besenbein

S. 56/57 *Hohe Unterweisung*

Lithographie. Bildgr. 162 × 223. Unbezeichnet

Vor nicht näher bezeichnetem Grunde bildfüllend zwei männliche Gestalten sitzend in Vorderansicht; rechts der bärtige Kule, schräg zurückgelehnt nach rechts, den Blick nach links gerichtet, die Rechte hinter dem Haupte, die Linke redend erhoben; links, ihm lauschend zugekehrt, der Sohn, die Arme auf die Knie gestützt, die Linke unter dem Kinn

S. 64/65 *Der Verletzte*

Lithographie. Bildgr. 249 × 315. Unbezeichnet

Vor einer nach rechts ansteigenden Bodentreppe eines im Hintergrunde altertümlich geschlossenen, halbdunklen Raumes in der rechten Bildhälfte der in Vorderansicht breitbeinig stehende Sohn, über dem entfallenen Messer die blutende Linke vorweisend; im linken Bildraume, vorgebeugt, die Hände angehoben vor der Brust, die besorgt herantretende Mutter

S. 68/69 *Der Alb*

Lithographie. Bildgr. 208 × 273. Unbezeichnet

Im Mittelgrunde eines nächtlich halbdunklen Raumes, mit beiden Händen sich auf die Knie stützend, in Vorderansicht vorgebeugt nach rechts, der Alb, sich zu dem im Vordergrunde auf alkovenartiger Lagerstatt wach liegenden Sohne wendend; im rechten oberen Bildwinkel der schlafende Kule

S. 76/77 *Verzweifelter Alb*

Lithographie. Bildgr. 268×343. Unbezeichnet

In nächtlich ungewissem Lichte vor einer im oberen Bildraum gebreiteten Lagerstatt die aus dem Bilde gekehrte nackte Ungestalt des hokkenden Alb, in die aufgerissene Brust in mörderischer Selbstzerfleischung die wühlenden Hände tauchend; im linken oberen Bildwinkel, in Vorderansicht breitbeinig vorgebeugt, in Abwehrhaltung der zurückgewichene Sohn

S. 80/81 *Kniende Mutter am Bette des schlafenden Sohns*

Lithographie. Bildgr. 278×390. Unbezeichnet

In nächtlichem Raume, von einem von rechts einfallenden Lichtscheine ungleich erhellt, im Hintergrunde auf einfacher Lagerstatt der schlafende Sohn; im Vordergrunde rechts, in beschatteter Seitenansicht nach links gekehrt, die kniende Mutter, in der herabhängenden Linken das Messer

S. 88/89 *Besenbein auf dem toten Rosse Herzhorn II*

Lithographie. Bildgr. 275×372. Unbezeichnet

In bildfüllender Vorderansicht, den Kopf nach rechts gedreht, der nackte Besenbein, in Reithaltung das auf dem Rücken liegende tote Roß hereinschleppend, das er bei den Beinen gepackt hält; im Hintergrunde rechts die hockende Mutter, die Rechte auf dem Knie, die Linke mit herrischer Gebärde vorgestreckt; im linken oberen Bildwinkel eine schlafende Gestalt

S. 94/95 *Der Blutflecken 2*

Lithographie. Bildgr. 204×253. Unbezeichnet

In der linken Bildhälfte, kniend zurückgelehnt nach rechts gewandt, sich in verzweifelter Mühe, das anklagende Blut zu tilgen, erschrocken unterbrechend, die horchende Mutter, mit der Rechten sich aufstützend, die Linke lose im Schoße; im Hintergrunde, auf altertümlicher Bettstatt, mit angezogenen Knien der blinde Kule

S. 98/99 *Die Frau am Herde*

Lithographie. Bildgröße 257×322. Unbezeichnet

In einem von rechts her ungleich erhellten Raume, der im Hintergrunde links durch eine alkovenartige Lagerstatt, rechts durch den vom rechten Bildrande überschnittenen Herd geschlossen wird, in der linken Bildhälfte, stehend in Vorderansicht, halb nach rechts gekehrt, die Mutter, in abwehrender Bestürzung zurückweichend vor dem von unsichtbarer Hand nächtlich gespaltenen Holze, das geschichtet zu ihren Füßen liegt

S. 106/107 *Mit fremder Schuld beladen*

Lithographie. Bildgröße 262×310. Unbezeichnet

Vor dunklem, nicht näher gekennzeichnetem Grunde eine Gruppe aus drei Figuren; auf einer in der rechten Bildhälfte stehenden Bank der blinde Kule, nach vorn aus dem Bilde gekehrt, mit der Rechten nach seinem Stabe greifend; am linken Bildrande, in abweisender Rückansicht, den Kopf über die Schulter gedreht, die Mutter; zwischen beiden der Sohn, mit begütigend vorgestreckten Händen aus dem Hintergrunde herantretend

S. 114/115 *Die Schuldbewußte*
Lithographie. Bildgröße 239 × 326. Unbezeichnet

In einem unter schwerem Dachgebälke halb erhellten Raume eine Gruppe aus zwei Figuren; im Mittelgrunde, nach vorn aus dem Bilde gekehrt, auf einem Stuhle der Sohn, den Blick auf die in der rechten Bildhälfte in Seitenansicht abgewandt stehende Mutter gerichtet, die ihr Gesicht mit dem rechten Arme bedeckt; im Hintergrunde, im Lichte eines überschnittenen Fensters, zwei flache Schalen

S. 136/137 *Das Unsichtbare 1*
Lithographie. Bildgröße 274 × 335. Unbezeichnet

Auf weiträumiger Diele, die sich im Hintergrunde zu einer Durchsicht öffnet, rechts durch altertümliches Balkenwerk und eine im Halbdunkel ansteigende Treppe geschlossen wird, die Bildmitte füllend, in Seitenansicht nach rechts gekehrt, die Mutter, zurückgebogenen Leibes mit erhobenen Händen nach dem unsichtbar aufsteigenden Steißbart greifend

S. 140/141 *Das Unsichtbare 2*
Lithographie. Bildgröße 264 × 306. Unbezeichnet

Vor dunklem, nicht näher bezeichnetem Grunde eine Gruppe aus zwei Figuren; links, in Vorderansicht, das Haupt in den Nacken gebogen, mit hängenden Armen der von dem aufsteigenden Steißbart ergriffene Sohn; rechts, in Rückansicht, zurückgebogenen Leibes verzweifelt ins Leere greifend, die Mutter; zwischen beiden ein fallender Stuhl

S. 152/153 *Der Rufende*
Lithographie. Bildgröße 221 × 264. Unbezeichnet

Vor dunklem, nicht näher bezeichnetem Grunde eine Gruppe aus zwei Figuren; rechts, die Arme vorgestreckt, der mit horchend entrückter Gebärde den Vater anrufende Sohn; links, verzweifelt abgekehrt, die Mutter, die angehobenen Hände vor der Brust, den Kopf nach rechts gedreht

S. 156/157 *Aufbruch und Abwehr*
Lithographie. Bildgröße 272 × 340. Unbezeichnet

Auf einer von rechts her erhellten Diele, die im Hintergrunde von einem gemauerten, offenen Herde und schwerem Dachgebälke geschlossen wird, zwei in Vorderansicht sich begegnende Figuren; links, die Hände vor der Brust, in Ausfallstellung nach rechts der ins Freie und Große vorgebeugt andringende Sohn, rechts mit vorgestreckter Linken die abwehrende Mutter

S. 160/161 *Verfluchung*
Lithographie. Bildgröße 265 × 322. Unbezeichnet

In einem kahlen Raume, der im Hintergrunde von dunklem Dachgebälk und einem altertümlich gemauerten Ofen geschlossen wird, im Mittelgrunde die in breitbeiniger Ausfallstellung gedrehten Leibes mit gewinkelt vorgestoßenen Armen nach links gewandte Mutter; am linken Bildrande, in Vorderansicht, auf die Hände gestützt, der kniende Sohn, nach rechts gekehrt

S. 164/165 *Stürzende Frau*
Lithographie. Bildgröße 274 × 318. Unbezeichnet

Vor einem räumlich nicht näher bezeichneten, halb erhellten Grunde eine mit ausgebreiteten Armen in Vorderansicht nach links stürzende Frau; am rechten Bildrande das ihrer Hand entfallene Messer

Ernst Barlach
Dramen

Taschenbuchausgabe in 8 Bänden
Mit Zeichnungen von Ernst Barlach
Herausgegeben und mit Vorworten von
Helmar Harald Fischer.

Das dramatische Gesamtwerk Ernst Barlachs einem größeren Publikum und Leserkreis bekannt zu machen, ist die Absicht dieser Taschenbuchausgabe in der Serie Piper, die bis zu Barlachs 50. Todestag im Herbst 1988 abgeschlossen sein wird.
Neben dem als Band I des dichterischen Werks 1956 bei Piper herausgegebenen Dramenband macht diese Ausgabe – zum erstenmal ergänzt durch Zeichnungen Barlachs – die ursprünglich veröffentlichte Textgestalt der sieben, zu Barlachs Lebzeiten erschienenen, Dramen und den, postum veröffentlichten, Erstdruck des »Grafen von Ratzeburg« in der Grillen-Presse nachlesbar. Vor allem jedoch werden Barlachs Dramen damit auch in Einzelbänden zum Taschenbuchpreis für alle zugänglich: Voraussetzung für eine dem Werk in Intensität und Umfang angemessene Beschäftigung mit Barlachs Dramen. Eine Aufführungsgeschichte im Sinne kontinuierlicher Beschäftigung mit Barlachs Werk auf der Bühne steht erst noch bevor.

PIPER

PIPER

ERNST BARLACH
DRAMEN:
DIE SÜNDFLUT

HERAUSGEGEBEN UND MIT EINEM VORWORT
VON HELMAR HARALD FISCHER

Serie Piper

Band 772 Juli 1987

PIPER

ERNST BARLACH
DRAMEN: DIE GUTE ZEIT

HERAUSGEGEBEN UND MIT EINEM VORWORT VON HELMAR HARALD FISCHER

Serie Piper

Band 773 September 1987

PIPER

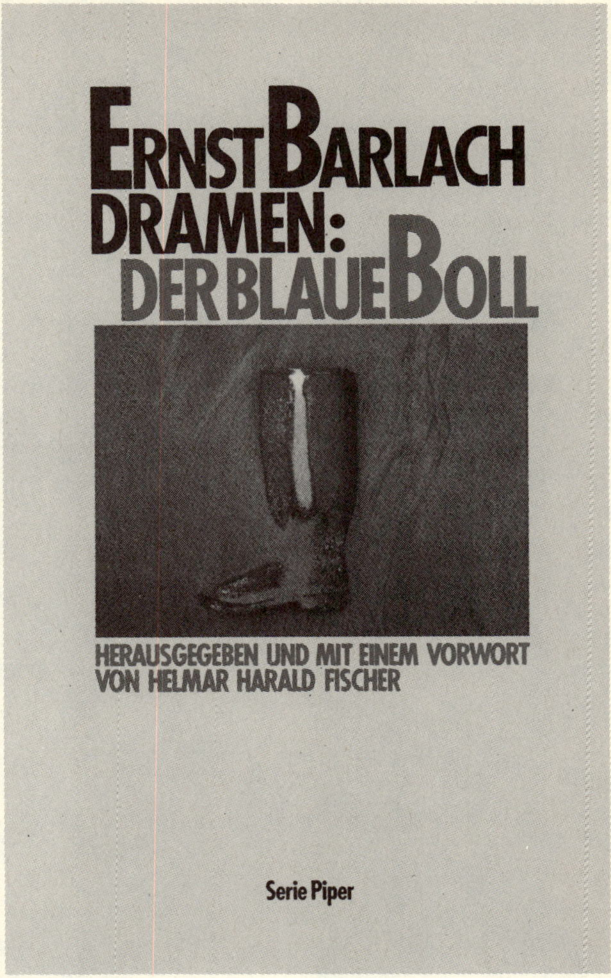

Band 775 Januar 1988

PIPER

Ernst Barlach
Dramen: Der Graf von Ratzeburg

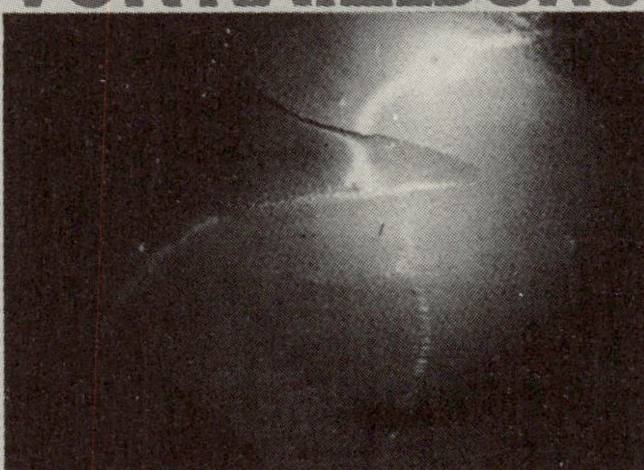

HERAUSGEGEBEN UND MIT EINEM VORWORT VON HELMAR HARALD FISCHER

Serie Piper

Band 778

Erscheint im Oktober 1988